요양보호사가 깨달은
후회없이 죽음을 맞이하는 법

요양보호사가 깨달은 후회 없이 죽음을 맞이하는 법

초 판 1쇄 2021년 07월 27일

지은이 권순여
펴낸이 류종렬

펴낸곳 미다스북스
총괄실장 명상완
책임편집 이다경
책임진행 김가영, 신은서, 임종익

등록 2001년 3월 21일 제2001-000040호
주소 서울시 마포구 양화로 133 서교타워 711호
전화 02) 322-7802~3
팩스 02) 6007-1845
블로그 http://blog.naver.com/midasbooks
전자주소 midasbooks@hanmail.net
페이스북 https://www.facebook.com/midasbooks425

© 권순여, 미다스북스 2021, *Printed in Korea*.

ISBN 978-89-6637-944-6 03810

값 15,000원

죽음을 지켜보며 알게 된
삶과 오늘의 행복에 대한 해답

요양보호사가
깨달은
후회없이
죽음을
맞이하는 법

권순여 지음

미다스북스

마지막 순간에 바라는 것들

폐암 환자 할아버지가 있었다. 예전에 할아버지가 바람을 피우고 있었다는 사실이 밝혀져, 결혼을 앞두고 있었던 큰 딸이 파혼을 당했다고 한다. 이 일로 할아버지 부부는 15년 동안 냉전상태였는데, 아들마저 할아버지와 한통속이 되어 부인은 홀로 외롭게 살아왔다.

할아버지가 폐암 확정을 받고 입원한 동안에도 아들은 어머니가 없는 시간에만 왔다고 한다. 그러다 병이 악화되어 1인실로 옮겨지고 마지막 순간이 다가왔다. 그런데 할머니는 병원에 갈 생각을 하지 않고 있었다. 15년 동안 쌓인 설움과 억울함이 너무 심했던 것이다.

나는 지금이 아니면 부자와 화해할 수 있는 시간이 없을 것이라며, 그동안 묵은 것을 털어내고 소통할 수 있는 마지막 기회니 꼭 가시라고 설득했다. 결국 할머니는 내 말을 듣고 병원으로 갔고 할아버지의 발을 붙잡고 "여보, 미안해요." 한마디를 했다. 할아버지는 무슨 말을 하려는 듯했고 그순간 아들이 들어왔다. 그 모습을 본 아들의 눈에서는 주루룩 눈물이 흘렀고 아버지의 말만 듣고 어머니를 나쁜 사람 취급한 것이 후회되는 듯 "엄마, 엄마!" 하며 부둥켜안고 엉엉 울었다. 결국 가족이 모두 화해하고 그날 할아버지를 잘 보내드렸다.

할아버지는 며칠 동안 혼수상태였는데, 15년 동안 자신의 잘못으로 집안이 갈라진 것을 풀고 가기 위해 할머니가 오시기 전까지 돌아가시지 못했나보다.

이런 순간에 요양보호사로서 큰 보람을 느낀다. 생의 마지막 순간에 간절히 바라는 것은 소소한 행복이다. 나를 반겨주는 가족의 환한 얼굴, 함께하는 정겨운 시간, 함께 먹는 맛있는 식사, 지나다니며 보는 들풀까지도 소중하다. 대부분의 사람은 이런 행복을 전혀 소중하게 생각하지 못하고 산다. 죽음을 눈앞에 두고야 깨닫게 되는 것이다.

늘 죽음을 대하며 살면서 가슴에 멍이 들기도 하지만, 나는 죽음이라는 숭고한 순간을 제대로 경험할 수 있는 복 받은 사람이기도 하다. 이 책을 통해 죽음이라는 단어를 좀더 진지하게 생각해보고 주변과 함께하는 소소한 행복을 새롭게 깨닫게 되는 시간이 되기를 바란다.

권순여

차례

3장 소중하지 않은 사람들에게 삶을 낭비하지 마라

4장 죽음이 다가오는 순간에 깨닫게 되는 것들

1장

삶을 그렇게
심각하게
생각하지 마라

1

지금 나는 잘 살고 있는 걸까?

나는 37세에 남편과 사별하고 '어떻게 해야 당당하고 부끄럽지 않은 엄마로서 살까?'라는 생각 속에서 출판 영업을 하면서 살아왔다. 책을 좋아하기 때문이었다. 애니메이션, 전래동화, 세계명작, 과학만화, 위인전집, 학생백과사전 등이 있었다. 유치원, 초등학교 아이들이 내 눈에 띄었다 하면 바로 내 밥(?)이었다.

아이들을 따라 집에 들어가서 먼저 아이들 방에 함께 가서 무슨 책이 있고 없는지 파악한다. 이 책은 이래서 읽으면 좋고 저 책은 저래서 좋다며 아이를 칭찬해주면서 엄마한테 책 홍보를 한다. '안 사면 아이는 바보가 된다. 사서 보면 천재 아이가 된다.'라며 열정적인 상품 설명을 한다. 안 사면 그 집에서 나오지 않았다.

바로 돈이 없어도 다음 달부터 수금해주면 된다. 어쩌면 강매라고 할 수 있지만 처음 구매한 집은 최소한 네 번 이상씩 사도록 나는 구두 굽을 한 주에 한 번씩 갈아가면서 그 집 문턱이 닳도록 드나들었다. 아이 올 시간에 맞춰 가서 아이한테 책 읽었다고 왕 칭찬을 해주고 읽은 책은 반드시 거꾸로 꽂아놓으라고 한다. 그렇게 하면 읽은 책과 안 읽은 책을 한눈에 바로 알 수 있다.

내가 방문해서 칭찬만 해주면 그날은 서너 권 정도는 쉽게 본다. 30권을 두 달이면 다 본다. 다시 한번 본 것은 바로 꽂아놓으라고 한다. 이렇게 한 바퀴 돌면 30권 한 질을 두 번을 본 셈이다. 이렇게 시작하면 1년에 두 질 정도는 문제없이 읽고 나의 고객이 된다. 어떤 집은 책을 구매해놓고 남편이 반대한다고 취소를 한다며 아침부터 연락이 올 수 있다. 그때는 남편 올 시간 맞춰 치킨 한 마리와 맥주 3병을 사 들고 들어간다. 들어가서 정중히 인사를 한다. 먼저 똑똑한 아이라고 칭찬을 풍성히 한다. 나는 그때부터 제대로 영업을 시작한다.

"아버님, 위인전기는 아이들 꿈을 심어주기도 하지만 과학만화는 책을 잘 안 보는 애들도 너무 잘 보는 책입니다. 인체의 신비가 얼마나 재미있는지, 여자의 구조와 남자의 구조가 다르다는 것도 알게 되고 연동 운동을 하기에 음식을 삼킬 수 있다고 합니다. 아이들이 얼마나 재미있어하는지 몰라요. 숙제하다가 탁 막히면 누가 알려줘요? 그때 학생백과에 교과서 나온 대로 다 설명이 되어 있습니다."

"그럼 비싸겠는데요?"

이때 "술 한잔 안 드시면 돼요."라고 하면 절대 안 된다.
"가끔 술 드시는 거 한 번만 안 드시면 됩니다."라고 한다.

내가 치맥을 싸가지고 갔는데 계약서 쓰고 이럴 때는 확실히 하기 위해 계약금 1만 원이라도 받는다. 계약이 마무리되면 그때 맥주 한잔한다. 나는 취소한 계약서도 더블계약서로 살려서 그 집을 나오는데 그럴 때는 통쾌하면서 감사했다. 부모들은 책을 사주면 그 책이 닳도록 봐야 잘봤다고 인정한다.

그런 집은 그 책 다 볼 때까지 구두 굽을 갈며 또 찾아간다. 그래야 소개도 하지만 다음 단계 책도 판매할 수 있다. 그 아이는 분명 공부를 잘하게 된다.

열정적으로 열심히 하여 직원 500명 중 10등 안에 들어갔다. 공부는

54명 중 54등 꼴찌했지만 영업하는 것은 꽤 잘했다. IMF로 인해 책이 안 팔려서 호프집을 시작하였다. 나는 호프집이라는 곳을 한 번도 가보지도 않고 맥주도 주량이 딱 한두 잔 정도다. 경험도 없는 내가 호프집을 한다고 하니 지인들이 난리가 났다.

그러나 어쩌겠는가. 전기요금, 전화요금도 못 내서 전기가 끊기고 전화가 끊기는 날이 하루이틀이 아니었는데 말이다. 애들과 살아야 하는데 술 못 먹는다고 술장사 못하겠는가!

다른 선택이 없었다. 그런데 오픈하자마자 손님이 말도 못하게 들이닥쳐서 혼자서 쩔쩔맸다. 골뱅이 소면을 주문하면 재료 듬뿍 넣고 콩나물까지 한 줌 넣어서 얼큰하게 무쳐주면 인기 최고다. 보통 테이블 하나에 두 개씩 시킨다. 얼마나 맛있는지 모른다.

돈이 없어 호프 한잔만 먹고 가는 손님에게도 수박 한 쪽씩 준다. 그 사람은 맥주 한잔에 뻥튀기가 아닌 과일 안주 먹고 간다고 생각하게 만드는 것이다. 그런 사람일수록 문앞에 가서 내 코가 무릎에 닿도록 넓죽 인사하고 배웅한다. 그런 사람은 돈이 없기에 어디에서도 별로 대접을 못 받는다. 하지만 나는 생각이 다르다. 돈이 없어 제대로 못 먹고 가기는 하지만 최고로 대접받고 간다는 느낌이 들도록 했다. 이런 사람들이 소문을 내고 다녀 우리 가게 오는 단골손님이 나에게 별명을 붙여주었다. 금강산이라고 말이다. 나는 순간 기분이 언짢았다. "예쁜 이름도 많건만 무슨 금강산이야?" 하고 따져 물었다. 그 단골손님은 금강산이 무슨 뜻이냐면 너무도 아름답고 멋있고 함부로 올라갈 수 없다는 뜻이라고 했다.

"하하, 아 그런 깊은 뜻이 있군요."

생각해보니 최고의 찬사였다. 지금 술장사를 하고 있지만 술장사를 할 사람 같지 않다고 한다. 나는 무슨 소리냐며 출판사 영업하다가 IMF로 영업은 어렵고 세 아이랑 살아보려면 어쩔 수 없었다고 했다.

한 달 했을 때쯤, 어떤 여자분이 7시에 오고 다시 10시에 와서 자기한테 가게를 넘겨달라고 했다. 장사를 못 한다면서 그랬다. 이틀에 한 번씩은 와서 본인한테 넘겨달라고 했다. 그때마다 손님이 20평 정도 되는 가게에 앉을 자리가 없도록 많았다. 길 건너에도 호프집이 있었는데 일주일에 한 번은 공치는 상황이었다.

권리금 없이 들어갔는데 그 여자분이 3일에 한 번씩 와서 넘기라고 해서 권리금 천만 원 주라고 했다. 그랬더니 칼만 안 든 강도라고 했다. 그럼 그냥 나 이거 해서 먹고살게 내버려두라고 했다. 결국 두 달 됐는데 천만 원 들고 와서 넘겨달라고 하기에 넘겨주었다. 천만 원으로 밀린 공과금 다 내고 아들 급식비도 내주고 한숨 돌렸다.

완전 신출내기라 어느 때는 준비한 안주 재료가 떨어져서 손님을 못 받았다. 결론은 장사를 할 줄 몰라도 손님 한 분 한 분을 진심으로 대접하면 된다는 것이다. 우리 가게에 오면 손님이 사람 냄새가 난다고 한다. 장사를 계산하지 않고 한다며 순수하다고 한다.

가게를 정리하고 보험사원으로 들어갔다. 32명 중 내가 제일 나이가 많았다. 노트북을 가지고 다니면서 바로 보험설계를 하고 사인을 받아 매주 2건씩 접수하고 신입사원 중에서 지점 1등을 했다. 일을 잘했다기보다 열정이었던 것 같다. 낮에는 보험영업을 하고 밤에는 카드상담을 했다.

그 당시 카드를 발급해주면 3만 원 수당을 줬다. 문 열린 상가, 식당, 사람 있는 곳은 들어가서 각 카드 회사 상품을 판매했다. 하루 저녁 상가 한 블록 돌면 서너 장 정도 발급이 된다. 그러면 양쪽에서 700~800만 원 정도 받게 된다. 이때가 영업의 절정인 듯하다.

잘 나갈 때 사람 조심해야 한다는 것을 뒤늦게 깨달았다. 어떤 사람이 내 남은 인생을 본인이 책임지겠다고 했다. 그 사람은 수십억 부자라고 했다. 내가 너무 착하게 사니까 이런 축복을 주시나 보다 했다. 보기에는 너무 괜찮은 사람이었다. 내가 하는 일도 못하게 했다. '열심히 살고 볼 일이다 싶으면서 이제 내 팔자를 고치려나.' 하고 설렜다.

그러나 말과 행동이 달라서 뒷조사를 해봤다. 뒷조사를 해본 결과 그 사람은 숨소리 빼고는 모두가 거짓말이었다. 너무 기가 막혀 두 시간 정도 말이 안 나오는 경험을 했다. '세상에 이렇게 사는 사람도 있구나.' 하고 놀랐다.

그렇다고 넋 놓고 있을 수는 없었다. 나는 오뚜기처럼 일어나 일하러 나가야 했다. 노점장사, 천냥백화점을 시작했다. 돗자리 6장 깔고 면봉부터 문구류, 편지봉투까지 종류가 1,000가지 정도 됐다. 길가에 깔아놓고 사람들 지나갈 때 면봉이 6개 1,000원, 편지봉투가 100장 2,000원, 구두솔과 구두약 세트가 1,000원이라고 떠들어댔다. 지금은 내가 말이 좀 느린 편인데 그때는 얼마나 빠르게 말했는지 내가 생각해도 놀랍다. 어떤 신사양반이 구두약을 집어 들어서 "1,000원입니다." 했더니만 그냥 놓고 가는 게 아닌가. 쫓아가서 "아니, 아저씨, 구두약이 세트로 1,000원인데 비싸다고 그냥 놓고 가시는 거예요?"라고 했다. 그랬더니 그 신사가 "그럼, 하나 줘봐요." 하는 게 아닌가. 그래서 신이 나서 물건 소개를 하기 시작했다.

"이것은 화장실 문 옆에 붙여놓고 수건 걸어놓으면 참 좋습니다."

"줘봐요."

"편지봉투 100장에 1,000원입니다. 애들 용돈 줄 때 봉투에다 넣어주면 애들이 훨씬 기분 좋아해요."

"그래요? 줘봐요."

"이 먼지털이는 TV, 장롱, 에어컨, 이런 거 문질러 먼지 털면 정전기로 먼지가 달라붙어 기스도 안 나요. 참 좋아요. 이건 5,000원입니다."

"줘봐요."

"손톱깎이는 얼마나 잘 드는지 귀후비개에다 족집게까지 몽땅 1,000원입니다."

"줘봐요."

"방향제인데요. 화장실에서 큰 거 보고 이거 한 번 뿌려놓고 나오면 다음 사람 들어갈 때 향기 나고 좋아요."

"줘봐요. 모두 얼마요?"

"15,000원입니다."

"제가요. 구두약 보기만 하고 안 사고 그냥 가려다가 아줌마한테 혼나고 물건 사보는 건 처음입니다."

"제가 열정으로 챙겨드리니까 그냥 팔아주신 거지요."

나는 그 손님에게 진심으로 사줘서 고맙다고 정중히 "감사합니다."라고 인사했다. 그분 역시 집에 가서 필요한 것도 있겠지만 서랍 속에서 뒹굴 수도 있을 것을 알고도 사준 것이다. 그래도 그 손님이 뿌듯함을 느끼지 않았을까 생각해본다.

인천 작전역 근처에서 돗자리 6개를 깔고 장사를 막 시작하였는데 어디서 경찰이 와서 "아주머니, 신고가 들어와서 이거 치워줘야겠습니다."라고 했다.

그래서 왜 그러냐고 묻자 "문방구에서 신고가 들어왔어요."라고 했다.

"아니, 제가 무슨 도둑질을 했습니까? 살인을 했습니까? 경찰 아저씨 할 일이 그리 없어요? 애들하고 열심히 살아보려고 노점상 좀 하는데, 무슨 신고를 해요. 사건사고나 신고하는 거죠. 무슨 노점상 신고했다고 옵니까? 저 이거 장사해야 우리 애들 학교 보내고 하니까 그냥 가세요."

"아니, 이 아줌마 무서워서 못 있겠네."

경찰은 그렇게 가버렸다.

작전역은 전철 지하 3층에서 계단으로 1층까지 걸어올라오면 절대로 그냥 갈 수가 없다. '휴우' 하고 큰 숨을 내쉬면서 나의 좌판 천냥 백화점 구경하고 가기 딱 좋다. 남자고 여자고 신사숙녀도 절대 그냥 갈 수가 없다. 면봉부터 편지봉투까지 1,000가지가 넘는다. 그래도 생필품이기에 몇 가지씩은 사가지고 간다. 그 좋은 자리에서 나가라고 하니 내가 그렇게 필사적으로 대응을 한 것이다. 사실 경찰은 나를 단속할 권한은 없다. 한다면 구청에서 와야 했다. 치우라고 하면 치워야 한다. 딱지 떼고 범칙금도 내야 한다. 신고한 사람이 잘못 신고한 셈이다.

처음 노점상 시작할 때는 경험을 쌓기 위해 도전했다. 이때 나는 다음에 내가 책을 쓴다면 한 페이지 재미있게 적어볼 수 있겠다고 생각했다. 성공한 사람들이 참을수록 아름답다고 했던가?

누군가 '지금 당신 잘 살고 있는 걸까?'라고 내게 묻는다면 자신 있게 말할 수 있다. 아이들한테 당당한 엄마로 자부심 가지고 열심히 살았노라고.

2

나이 든다는 것은 한편으로 슬픈 일이다

95세 할머니가 노환으로 혼자 계시다고 전화가 왔다. 할머니는 아파트에서 혼자 사신다. 아침 식사를 7시에 드시고 하루종일 화투만 쳐주면 된다. 가사일 마무리도 하기 전에 "뭐 하냐? 얼른 오지 않고." 한다.

"할머니, 왜요?"
"얼른 판 펴라."
"무슨 화투를 맨날 쳐요?"
"우리 아들이 화투 치면 치매가 안 온단다."

95세 할머니는 치매 올까 봐 제일 두려워하신다. 80세에 위암 수술을 하시고 완치 판정을 받고 지금까지 아주 건강하시다. 거기에 자부심을 갖고 계시다.

"뭐하냐? 얼른 판 펴라."
"네."

일단 이기면, 100원 주기로 하는데 9시부터 시작하면 1시간이 지나도 당신께서 졌다고 생각되면 절대 못 일어난다. 식사 시간이 가까워지면 일단 계속 져주면 된다. 연속 5번 정도 져주면 500원 땄다고 "밥 묵자." 하신다. 95세 할머니가 승부욕이 대단하시다. 점심 먹고 3시부터 7시까지 또 친다. 저녁 먹고 나면 할머니 발은 퉁퉁 부어 있다.

"할머니, 앉아서 화투치기 오래하니까 발이 부어 있죠."
"괜찮다. 치매 오는 것보다 낫다."

할머니는 화투치는 것이 유일한 취미인지도 모른다. 어느 때는 "화투치기 못 해요." 하면 "왜 못하는데?"라고 하신다.

"손목이 아파서요."

"그럼 청소나 해라."

"좀 전에 했어요."

"화분에 물 주고."

"오전에 물 줬는데요."

"또 줘라."

"물 많이 주면 화분 죽습니다."

"그럼, 청소해라."

"오전에 했어요."

"또 해라?"

이렇게 억지를 부리면서 투정을 하신다. 차라리 투정을 받아주는 것보다 손목이 아파도 화투 치는 것이 오히려 할머니한테는 좋을 수 있다. 화투치기를 하지 않았을 때는 반찬도 맛이 없고 짜고 싱겁고 다른 반찬 맛 있는 걸로 만들어오라고 하신다. 또 자녀들한테 전화해서 계속 옛날 있었던 이야기를 계속하신다. 혹시 치매인가 의심할 정도로 투정을 하신다.

"내가 이기든 지든 선을 잡기 때문에 손목이 아파요. 할머니, 오늘은 물리치료하고 와서 합시다."

"그래, 얼른 갔다 온나."

1시간 물리치료하고 와서 화투치기 시작한다. 투정도 없고 할머니는 아주 행복해하신다. 절대로 할머니가 이겨야 하고 계속 지면 짜증을 내고 억지를 부린다. 그냥 져주면 나는 세상 편안하다. 팔목이 좀 아파서 문제지.

할머니는 6남매를 두셨다고 한다. 할아버지 살아 계셨을 때 유산을 자녀들에게 나눠주고 할머니는 현금으로 2억을 남겨놓았는데 아들이 날마다 와서 "어머니, 현금 가지고 있으면 위험해요. 제가 관리해 드릴게요." 했단다. 처음에는 아니라고 했는데 날마다 와서 그러니까 믿고 줬다고 한다. 아들을 못 믿으면 누굴 믿느냐고 하기에 그렇게 했다고 한다.

"그럼, 내가 현금 필요하다고 하면 즉각 찾아다줘라."
"네, 염려마세요."

현금 200만 원 한 번 갖다 주고는 아들은 오지 않는다고 한다. 할머니는 아들한테 속았다고 억울해서 생각날 때마다 그 이야기를 하신다. 할머니 말은 돈 쓸 데가 없어도 현금이 있어야 든든하다는 것이다.

"내가 죽으면 어차피 자식들이 다 가져갈 건데." 하면서도 쓸쓸해하신다. 그 돈 가져간 뒤로는 아무도 안 온다고 한다.

"그러니까 너하고 화투쳐서 돈 따야 한다."
"하하하, 네, 할머니. 부지런히 따먹어요."
할머니는 잠깐 내가 한눈판 사이에 화투을 바꿔놓는다.
"할머니, 무슨 파리채가 다녀갔어요? 똥파리채."

알고 하는 말인데 내가 모르는 줄 아신다. 사실 할머니는 그 돈보다도 자녀들을 더 보고 싶어하신다.

"사실 내가 무슨 돈이 얼마나 필요하겠노?"

'돈을 안 줘도 매일 오는데 돈을 주면 더 자주 찾아주겠지.' 하고 줬다고 한다. 사실 6남매 자녀들은 강남 아파트에 살고 있다. 할머니 댁에서 30분 거리다. 더구나 할머니는 6층에 살고 큰딸은 같은 아파트 11층에 살고 있다. 아들은 10분 거리 내, 작은딸도 30분 거리에 살고 있음에도 불구하고 오지 않는다고 한다. 무자식이 상팔자라고 하지 않던가. 할머니에게 자녀가 없고, 현금을 가지고 있다면 어쩜 마음을 비웠을 것이다. 할머니는 오지 않는 자녀들을 목 빠지게 기다린다. 부모가 자기들한테 어떻게 해줬는데 그럴 수 있냐며 오지 않는 자녀들을 억지로 고무줄 당기 듯 당기며 서로 상처만 남아 있다.

할머니는 어찌 보면 우울증 증세가 있는 듯하다. 자녀들은 오지 않아 도 그 자식 키우기 바쁘다. 손주들 학교 갔다 오면 시간 맞춰 학원에 보 내야 하고 여러 가지 일이 많다. 그런데도 자식들은 피부관리하러 피부 관리숍에 가야 하고, 재테크하기 위해 땅 보러 가야 한다며 바쁜 척을 한 다고 한다.

할머니는 자식들이 보고 싶어서 우울증까지 온 듯하다. 아마 할머니 생각에 '내가 너희들한테 얼마나 했는데, 어떻게 했는데 너희가 나한테 이럴 수 있냐.'라며 서운함에 상처를 받는 것이다.

그 자녀 낳았을 때 얼마나 기뻤는가, 그 자녀 키울 때 얼마나 행복했는 가, 그 자녀 학교 보낼 때 속상한 일도 있었겠지만 얼마나 보람 있고 뿌 듯한 때도 많았던가 생각하며 살면 좋겠다. 와주면 반갑고 예쁘고 감사 하다. 내가 상처받지 않으려면 여기까지인 듯하다.

어느 날 갑자기 할머니가 식사를 못 하신다.

"할머니, 왜 식사를 못 하세요?"

"밥맛이 전혀 없어."

"얼른 식사하고 화투 치기 하셔야지요?"

"오늘은 화투 못하겠다."

가슴이 철렁한다. 어르신들이 밥맛이 없다고 하면 불길한 예감이 든다. 할머니랑 1년 가까이 함께했는데. 죽을 얼른 끓여드렸다. 아주 조금 드시고는 양치질도 못 하시고 그냥 누워만 계신다. 보호자인 딸에게 전화를 했다. 알았다고만 한다.

무릎이 아프다고 해서 뜨거운 물수건으로 찜질해드리고 있는데 갑자기 어깨가 아프다, 무릎이 아프다 몸부림을 치신다. 또 딸에게 연락을 해봐도 역시 알았다고만 하며 오지 않는다. 병원에 가서 영양제라도 맞고 진통제라도 맞으면 아픈 통증은 없으련만.

4일이나 지났다. 그 자녀들은 각자 CCTV로 보고 있다. 95세 할머니가 지금 상태로 병원 가면 사진 찍고 검사하고 혈액검사한다고, 진단 나오면 치료한들 금방 회복된다고 보장도 못 하고, 어쩌면 어머님 고생만 시킨다고 생각하는 듯하다.

나는 24시간 할머니 옆에서 꼼짝 못 하고 물수건만 바꿔드릴 뿐, 다른 방법은 없었다. 6남매 자녀들은 카메라로 모두 지켜보고 있다는 것을 나는 알고 있다. 나는 이해가 안 되는데 어쩌면 보호자 생각이 맞을 수 있다.

아직은 말도 잘하고 정신도 말짱하니 와서 "어머니, 지금까지 건강히 살아줘서 감사해요." 라든가, "지금까지 우리 옆에 계셔주셔서 고마워요."라고 하면 어머니가 좀 더 뿌듯하고 행복하지 않았을까 생각해봤다. 5일째 되는 날, 딸에게서 병원에 간다고 연락이 왔다.

"할머니, 딸이 병원에 가신다고 하네요.

나는 생각했다. '좀 일찍 와서 어머니와 대화 좀 나누고 했더라면 어머님이 끝까지 외롭지 않았을 텐데….'
119 구급차가 와서 할머니를 모시고 병원으로 갔다. 할머니는 수액 외에는 다른 의료 행위는 하지 않는다. 어쩌면 내가 보호자 입장에서 생각했던 그것이 맞은 듯하다. 생명 연장 치료를 하려면 검사부터 해야 한다. 그런데 그 검사부터가 쉬운 것이 아니라 모든 의료행위는 아무것도 하지 않는다. 어쩌면 그 생각이 옳은지도 모른다. 아들은 역시 오지 않았다. 딸들만 2일에 한 번 정도로 왔다 가곤 했다.

할머니는 수액만 맞으면서 10일 정도 계시다가 이제는 말도 못 하고 눈만 깜빡깜빡하신다. 그때 손녀 딸이 왔는데 어찌나 반가워하시는지 말은 못 하지만 눈빛이 다르다. 보고 싶다고 하신 듯했다. 내가 대신 말해주었다. 그렇다고 고개를 끄덕끄덕한다. '좀 일찍 오지.' 할머니 목소리는 영원히 들을 수 없다. 할머니는 자녀들에게 무슨 할 말이 있는 듯 입이 달싹달싹하신다. 좀 아쉽다. 이제 말도 못 하고 임종이 얼마 안 남았다고 하니 큰손자, 작은손자도 온다. 좀 더 일찍 왔더라면….

할머니는 작은아들이 의사라고, 종합병원에 근무하는 내과 과장이라고 자랑을 엄청하셨다. 15년 전에 위암 수술할 때 아들 근무하는 병원에 가서 수술했다고 한다. 주위 의료진에게 우리 아들이 내과 과장이라고 들어오는 사람마다 말을 했다고 한다. 그래서 아들이 이제는 어머니가 아파도 절대로 자기 병원 안 모신다고 한다. 엄마는 자랑스러워서 한 말인데 아들은 창피했나 보다. 할머니는 나에게 "너도 그리 생각하노?"라고 물어보셨다. 나는 "아들 생각에는 엄마가 말하고 다니는 것이 싫을 수 있습니다. 젊은 사람들은 자기 사생활 알리는 것 싫어합니다."라고 했다.
할머니는 그 말에 속상해하셨다.

"어머님은 자랑스럽고 대견스러워서 하신 거잖아요?"
"그렇지."
"젊은 사람은 그렇지 않습니다. 생각 차이입니다."

이렇게 며칠 전만 해도 아들 병원으로 가기를 바라면서 기다렸는데 이번엔 아예 다른 병원으로 가셨다. 할머니의 희망사항이었다.

할머니가 하고 싶은 말을 좀 들었더라면 얼마나 좋았을까. 결국 아들은 오지 않았다. 어머니와 할 말이 없겠는가. 분명 어머니와 하고 싶은 말이 많았을 것이다. 원망도 있을 것이고 서운한 것도 있을 것이고 그때그때 이야기를 해서 털어버려야 할 것을 못 해서 답답한 지경이 되었다. 소통이 없었기에 임종 앞에도 그 아들은 결국 오지 않았다. 아쉬움뿐이다.

이제 눈도 감고 아무런 표정도 없는데 그때 막내손자가 지방에서 왔다.

"할머니, 제가 영준이에요. 영준이 왔어요."

신음소리로 표현을 하시다가 귀에 대고 하고 싶은 이야기를 한다. 할머니는 다 듣고 계신다. 할머니는 결국 아들을 목빠지게 기다리다가 외롭게 가셨다.

아들은 할머니가 공부 열심히 해서 의사가 되라고 해서 의사가 되었지만 살면서 소통을 못 하고 살았다는 생각이 든다. 임종 직전까지도 아들이 오지 않아 안타까웠다.

3

그렇게 '돈 돈' 하면서 살지 마라

치매 3등급인 할머니의 전화 요청을 받고 달려갔다. 83세이신데 4남매 자녀가 다 명문대 졸업하고 어머니도 명문대 졸업하고 사업을 하여 경제적으로 넉넉하기에 친정 동생, 시동생 학비를 감당해야만 했다고 한다. 아주 큰 자부심을 가지고 살았다고 한다. 학비 외에도 돈 달라 해서 없다고 하면 자녀들이 금고에서 몰래 돈을 훔쳐갔다고 한다.

그것이 억울해서인지 할머니의 치매 증세는 남자는 도둑놈, 여자는 도둑년으로 부르는 것이다. 보는 사람마다 내 돈 내놓으라고 난리다. 젊은 시절의 피해의식이 나쁜 기억으로 깊게 남은 듯하다.

좋은 기억은 모두 잊어버리고 억울하고 분통 터지는 그런 기억만 남은 것 같다.

매일 오전에 중앙공원을 한 바퀴씩 돌며 걷기 운동을 하고, 점심 먹고 기도원에 가서 예배를 드린다. 가족들은 말한다.

남편이 맏이다 보니 할머니가 책임져야 하는 역할을 하게 되어 젊어서 친정 동생, 시댁 동생들 학비를 다 부담했다고 한다.

할머니의 치매 증상은 참으로 희한하게도 젊어서 억울했던 상황을 그대로 반복하는 것이다. 어찌 보면 건강했을 때, 젊었을 때 억울했던 일을 마음속에 담고 쌓아두면 이러한 치매 증상이 나타난다는 것을 실감했다.

할머니는 좀 피곤하면 치매증세가 더 심하게 나타났다. 할머니는 기도원에 갔다 집으로 돌아가는 길에 갑자기 도로 한복판으로 정신없이 막 걸어갔다.

"할머니!" 하고 달려가 인도로 데려오는데 지팡이로 마구마구 날 때려서 정신없이 얻어맞았다.

"내 발로 내 맘대로 가는데 네가 왜 참견이야?"

그때 달리던 차가 멈춰서고 운전하시던 분이 할머니를 말리면서 인도로 끄집어 당겨놓았다. 절대로 안 나오려 해서 말이다. 걸어서 10분이면 집에 도착하는데 결국 택시를 탔다. 가만히 보면 할머니는 순간 울화병인 듯, 치밀어 올라오는 화를 분출하는 듯한데, 말리기도, 감당하기도 참 어려웠다.

그땐 그러한 모습이 처음이다 보니 당황스러웠고 속상했다. 억울했던 일들이, 나쁜 기억들이 참고 또 참았던 그것이 결국 치매라는 병을 통해 분출되나 보다. 이렇게 화를 내고 몸부림을 한바탕 치르고 나면 맥이 빠져 기력은 물론, 밥맛도 없어 제대로 식사도 못하신다. 일부러 그러는 것이 아니다. 결국 치매가 문제다.

중앙공원에 가서 걷기 운동을 할 때도 힘들면 원망하기 시작하면서 지팡이로 폭행을 시작한다.

"왜 힘든데 나를 여기로 데려왔냐?"

그때 핸드폰 속에 유튜브 걷기 운동하면 건강해진다는 영상을 크게 들려주면서 함께 걸어갔다. 유튜브 방송에 집중하며 1시간 정도는 무난히 운동할 수 있었다. 공원에는 차도 없으니 안전하고 가끔은 보너스로 무료로 어린이 비눗방울 공연을 구경할 수도 있었다.

그럴 때는 힘들어도 할머니를 보살피기가 훨씬 수월하다. 얼마나 감사한지 모른다. 공연을 볼 때는 힘들다고도 안 한다. 같이 박수도 쳐주고 웃고 시간 가는 줄도 모른다. 공연에 집중하다 보니 그때는 힘든지 모르신다. 그러다가 집에 갈 시간이 되면 힘들어 죽겠다고 아우성이다. 이럴 때는 보호자인 딸이 승용차로 모시러 온다. 이것 또한 서로 협조할 수 있어 감사한 일이다.

다음 날 또 중앙공원 1시간 걷기 운동하고 복지관으로 점심을 먹으러 갔는데 할머니 친구 두 분을 만났다. 다행히 한 분은 알아보셨다. 알아보신 분은 기분 좋아하시는데 또 한 분은 서운해서 안타까워하신다. 어려서 친했던 분들은 좀 기억하는 듯한데 그렇지 않은 사람들은 영 기억을 못 하신다.

어쨌든 잔존 능력을 살리기 위해서는 그와 같은 만남은 아주 바람직하다. 그 다음 주에 지방에 할머니 학교 동창 모임에 약속하고 갔다. 다섯 명 중에서도 세 명은 부정적으로 당신들만 이야기하고, 두 명은 어머님한테 관심을 가지고 지난 이야기, 학창 시절 이야기를 함께 나눴다.

"우리 초등학교 소풍 갔을 때 남학생하고 장기자랑할 때 참 재미있었는데…."

어머님은 "아~ 맞아." 하고 그렇게 맞장구치다가 갑자기 "김장했어?"

라고 물어본다. 한여름인데 이렇게 동문서답으로 우리를 당황하게 만든다. 긍정적인 친구들은 남의 일이 아닌 듯 "아직, 좀 이따 하려고. 너희는 했니?" 하고 물어봐주신다.

또 한 친구분은 "우리는 했지."라고 한다.

이때 치매라고 하면서 동문서답한다고 꼬집어줄 필요는 없다. 그걸 잘못되었다고 알려주면 바로 의기소침해진다. 그냥 있는 그대로 받아들여 줄 필요가 있다. 꼬집어 알려준다고 한들 금방 잊어버린다. 같이 공감해 주고 동문서답이라고 해도 같이 맞장구쳐주는 것이 좋다. 그와 같은 일이 자주 있지 않기를 바랄 뿐이다.

대개 나이 드신 어르신들은 부정적인 사람이 많다. 그래도 긍정적인 친구가 있어 다음 달에도 약속을 잡고 돌아왔다. 우리는 승용차 안에서 간식을 먹고 큰소리로 노래를 하며 집으로 향해 오는 중에 화장실에 가고 싶다고 내려달라고 재촉이다. 고속도로에서 도대체 어떻게 서겠는가. 참는 것밖에 별다른 방법이 없다.

언제나 화장실 있는 곳은 매번 들려본다. 오줌 마려워서 화장실 가면 똥을 싸고 똥 마렵다고 해서 급하게 모시고 가면 오줌 싸고 물론 기저귀를 차고 있지만 기저귀에다는 잘 안 보신다. 집에 와서 보면 기저귀가 그대로 있을 때도 있지만 흠뻑 젖어 있을 때도 종종 있다.

어찌된 일인지 3일째 잠을 못 주무신다. 수면제를 드리면 너무도 몸이 처진다. 수면제도 못 드린다. 우리는 고민 끝에 원적외선이 나오는 찜질 방으로 갔다. 찜질방에 가서 24시간 있다가 왔다.

신통방통하게도 그날부터는 잠을 잘 주무신다. 집에서 못 주무셔서 그런가 찜질방에서는 보편적으로 잘 주무셨다. 치매 환자라 해도 잠 못 잔 다고 수면제를 먹이면 몸이 사정없이 처질 수 있다. 약간은 무리가 되어 도 걷기 운동을 시키는 것이 좋다. 힘들면 좀 쉰다는 원칙을 정해놓고 운 동을 시키는 것이 바람직하다. 중증 환자가 회복하기란 쉽지 않다. 사시 는 동안 웬만하면 자리에 눕지 않고 걷기 운동하면서 가족과 가끔은 여 행도 가고, 본인이 드실 수 있는 식사 챙겨드리는 것이 더 바람직하다.

예쁜 강아지 한 마리 정도 키우는 것도 치매 환자에게 도움이 된다. 사 람이 못 해주는 것을 어느 때는 반려견이 해준다. 사람이라면 어느 누가 치매 환자에게 애교를 떨어주겠는가 말이다. 그렇지만 반려견은 그런 역 할을 잘한다.

할머니한테도 오만 애교로 충성을 다한다. 반려견으로 치매 환자가 가 끔은 웃는 일도 있다. 반려견이 어머님한테 달려들면 사랑스런 표정으로 "어이구, 예쁜 내 새끼." 하며 안아준다.

사람은 그러한 기분을 느끼게끔 해주기가 쉽지 않을 것 같다. 운동할 때도 목줄 매고 다른 사람이 앞에서 끌고가면 할머니도 덜 힘들어하시는 것 같다. 물론 치매 환자와 강아지 둘만 나가면 위험하다. 치매 환자는 집중 관리가 되어야 한다.

노래교실에 처음으로 가봤다. 세상에, 할머니는 흥도 많고 노래도 곧잘 따라 하셨다. 몇 번은 잘 따라 하시더니만 하루는 마이크를 혼자 전세 냈다. 다른 사람이 왕짜증을 냈다. 너무도 죄송했다. 할머니가 치매 환자라는 것을 대부분 모른다. 모르니 짜증도 날 것이고 오해도 할 수 있다. 내가 끝나고 죄송하다는 말씀을 드리며 할머니가 치매 환자라고 말했다.

부정적인 사람은 치매 환자가 요양병원으로 가야지 무슨 노래교실에 오냐고 한다. 긍정적인 사람은 "아~ 잘 왔어요." 하며 와서 손도 잡아주고 반가워해준다. 나는 생각했다. '어떤 사람은 하루 만에 마음을 열고 잘 배려해주는가 하면, 어떤 사람은 평생 무겁고 쓰레기 같은 부정적인 마인드를 가지고 살기도 하는구나.'

몇 번을 가도 눈치 못 챘는데 처음에는 낯도 가리고 긴장도 해서 얌전했는데, 몇 번 가보니 좀 봤다고 본색이 나타나는 건지 치매 증세가 불뚝불뚝하신다. 부정적인 사람은 그것을 못 봐주고 이해를 못 하고 야유하면서 다음부터 다른 데로 가야지 하고 가버렸다. 나는 그 다음에 갈 때는 어머님과 좀 일찍 가면서 노래 시작하기 전에 음료수를 사가지고 가서는 하나씩 다 돌렸다. 별것 아니지만 어쨌든 어머님이 환자인데도 불구하고 정상인하고 함께할 수 있다는 것에 감사하는 마음이 커서 보답하고 싶었다. 하지만 언제 돌변할지 모른다. 그래서 간식과 음료수를 번갈아 노래 교실 회원들에게 대접을 하곤 했다. 신기하게도 노래교실에서는 심한 치매 증상이 호전되는 듯이 짜증이 많이 사라진 듯했다. 그 분위기를 살려 집에서도 유튜브를 큰 화면에 연결하여 유명 가수 노래를 크게 틀어 놓고 식사를 드리면서 나도 흥이 나는 것처럼 분위기를 맞춰준다.

아직 입맛은 살아 있다. 호박나물을 새우젓 넣고 들기름으로 볶아놓으면 그때 바로 한 것만 드신다. 계란찜도 바로 한 것으로만 숟가락이 간다. 돌김에 들기름 바른 것도 바로 구운 것만 드신다. 물김치는 삼삼하게 해서 약간 익혀 시원하게 해서 놔야 드신다. 식사 시간은 한 시간은 걸려야 밥 한 공기를 다 드신다. 어느 때는 1시간 30분 걸려서 드신다.

밥 한 번 먹고 노래 한 번 따라 부르고 간주 나올 때 반찬 한 번 드시고 이렇게라도 드셔주는 것만으로도 감사하다. 복지관에서 다음 주부터 노래교실을 한다고 광고가 났다. 우리는 기대를 하고 신청하고 찾아가봤다. 20명 정도 모여 있다. 간주가 나오고 노래수업이 시작되었다. 할머니는 처음이라 낯설어서인지 의자에 앉아 꼼짝도 하지 않는다.

내가 바람잡이 역할을 하기 위해 할머니가 좋아하실 만한 박재란의 '님'을 불렀다. 탱고 리듬이라 처음부터 흥이 났다. 앉아 있던 할머니도 벌떡 일어나더니만 할 수 있다고 생각하는 것 같아 2절은 마이크를 손에 쥐어주고 옆에서 함께 불러 흥을 돋우어주었다. 할머니는 신바람이 났다. 할머니는 원래 흥이 많으신 듯하다. 마이크를 쥐고 안 놓는다.

"다른 분도 해야 하니까 양보하시고 다음에 하세요."

그러자 할머니는 삐친 표정으로 마이크를 준다. 다른 분이 노래할 때는 앉아 있다가도 한 곡 끝나면 마이크 가지러 가신다. 이렇게 몇 분 하시고 할머니에게 마이크 한 번 더 잡도록 기회를 드렸다.

할머니는 '영동부르스'를 신청하셨다. 사람들은 깜짝 놀랐다. 이 노래를 어떻게 부르려고 하나 싶어 지켜보고 있었다. 반주가 나오니까 리듬을 타기 시작한다. 정말로 노래를 원래 잘하시나? 우리는 모두가 함성으로 "우와~!" 환호성을 보냈다. 전혀 치매 환자 같지 않았다. 어쨌든 노래교실에 참석한 것은 대성공이다. 또 다른 노래교실에도 신청하여 요일만 겹치지 않으면 신청했다.

식사 시간에도 노래가 없으면 생각이 다른 곳으로 가 있다. 식사시간에 밥을 먹어야 하는데 딴짓을 많이 하신다. 강아지하고 장난을 친다든지, 밥을 강아지에게 먹인다든지 해서 고민 끝에 노래방 기계를 샀다. 집에서 자유롭게 눈치 보지 않고 하시도록 했다. 처음 몇 번은 하시더니만 재미없어 하신다. 노래교실에서는 마이크를 전세 낸 듯이 하시더니만 집에서는 재미가 덜한 모양이다. 생각해보니 노래교실에서는 만장일치로 박수를 쳐주고 환호성을 지르니 그 분위기를 즐긴 듯하다. 어머님은 소싯적에 가수로 나갔어도 성공하지 않았을까 잠시 생각해봤다.

4

좌절할지언정 포기하지 마라

내가 초등학교 졸업할 때다. 우리반은 54명이 졸업했는데 52명이 중학교 들어가고 나와 또 1명, 단 2명만 중학교를 못 갔다. 게다가 나는 초등학교 6년 동안 등교도 못 한 날이 많았다. 엄마가 일하러 가는 날이면 나는 동생을 돌보기 위해 학교을 못 갔기 때문이다. 성적표를 받아보면 맨 뒤에서 1등, 좀 잘하면 맨 뒤에서 2등이다.

학교 간 날보다 결석한 날이 더 많았다. 그래서인지 공부가 늘 목말라 있다가 요양보호사를 하면서 자투리 시간만 나면 책을 즐겨보았다. 보호자께서 그런 모습이 예뻐 보였는지 할 수 있으면 공부하라 하신다. 영어 공부도 하고 검정고시도 준비하였다. 할머니가 산책하러 가자고 하셔서 휠체어 타고 나가 예쁜 나무, 예쁜 꽃 옆에서 사진을 찍고 공원 벤치에 앉아 찬송가를 한 시간씩이나 힘들어하지 않고 잘 부르신다. 생각해보면 어찌 감사한지, 동영상으로 찍어 보호자 가족에게 보내주었다. 가족은 너무도 좋아한다 이럴 때, 보람도 느끼며 감사하다.

나는 틈틈이 공부는, 물론 영어공부도 할머니가 주무시면 밤늦게까지 했다. 하루는 비가 와서 산책도 못 가고 집에서 할 수 있는 일을 찾다가 만두를 만들기로 했다. 만두 속을 만들고 만두피를 밀어 작은 접시에 피와 속을 올려주면 할머니가 딱 집어 손으로 만두를 빚는다. 그런 것 하실 때는 완전 멀쩡하시다. 어찌나 예쁘게 빚는지 감탄이 절로 나온다. 그 모습을 동영상으로 찍어 보호자에게 보내주었다. 동영상으로 손자까지 보고 재미있어하고 행복해한다. 세상에 우리 엄마가 만두를 이렇게 잘 만드느냐고 감동한다. 치매 환자는 늘 손을 움직여야 한다. 손 움직임 또한 잔존능력을 더 유지할 수 있다. 운동력이라 할 수도 있다.

저녁 먹고 나면 나에게 와보라고 손짓한다. 옆에 가서 앉았다. 내 손을 꼭 잡고 있다 "할머니, 왜요? 말씀하세요?" 하면 쳐다보고 계신다. 그것은 고맙다고, 오늘 수고했다고 하는 것이다. 말이 잘 안되니까 그냥 눈으로 표현하시는데 나는 할머니 표정만 봐도 알 수 있다. 이럴 때 나는 가서 책을 보고 공부를 시작한다. 생각해보면 어찌나 감사한지 어떻게 요양보호사라면서 책을 보고 공부를 할 수 있단 말인가. 이러한 결과는 아주 좋은 현상이다.

"어머님, 멸치 똥 좀, 빼주세요."
쟁반에 갖다드리면 딱 떨어지게 깨끗하게 빼주신다.
"다하셨네요, 수고하셨어요?"

낮에 할머니 행동과 하시는 모든 일을 사진과 동영상 찍어 보내드리니, 저녁에 내 시간을 갖도록 협조해주신다. 오늘은 노래교실에 가는 날, 강사가 하는 말이 친구가 머리숱이 없어 부분가발을 썼는데, 제대로 쓰지 않아서 전철을 타고 자리가 없어 서서 손잡이를 잡고, 깜박 졸다가 그만 가발이 바로 앞에 앉아 있는 중년 남자 바지 위에 뚝 떨어졌다고 한다. 그 남자는 바지 지퍼를 안 잠근 줄 알고, 지퍼를 올리려 하다가 검정 머리카락이 있으니 "흥, 내 것 아니네." 하고 있는데 가발 주인 친구가 "죄송합니다. 제 것이에요." 하니까 어머님은 깔깔대고 한참 웃는다. 그렇게 웃는 모습은 몇 달 만에 처음인 듯하다. 할머니가 웃는 것은 강사가 하는 말에 집중했다는 말이다. 그 또한 감사하다.

치매 환자는 웃음 치료가 참 효과적이다. 저녁 시간에 할머니 초등학교 남자친구가 오셨다. 60년 지기 우정이 이토록 멋질 수 있을까. 할머니가 치매로 기억력이 더 나빠질까 봐 와주신 듯하다. 어머님은 알아보고 반가워하신다. 서로가 얼마나 감사한지, 어머님과 중학교까지 같이 다녔다고 하는데 그냥 친구가 아니다. 귀하고 소중한 친구다.

할아버지가 친구분에게 저녁 대접하러 가셨는데 할머니는 할아버지 얼른 모셔 오라고 어디 갔냐고 하신다. "손님 저녁 대접하려고 가셨어요." 이거야말로 치매 집착인 듯하다. 누군가는 눈에 보이게 하루하루 죽음을 맞이하는 가족과 함께하면서 기뻐할 수 있느냐고 반문할 수도 있을 것이다. 그런데도 그날 그때 그 순간에 환자가 최대 할 수 있는 것에 감동, 감사하다. 할머니 부부는 젊어서도 그랬겠지만 현재 치매로 병마와 싸우면서도 최대한 할 수 있는 것을 즐기면서 사시는 듯하다. 나 또한 내일 그만둘지언정 열정으로 케어한다고, 최선을 다한다고 자신한다.

일주일에 한 번 정도 아들 며느리가 요양보호사인 내가 힘들다고 이것저것 반찬을 해가지고 온다. 그것 또한 쉽지 않다. 그런데 종종 해오는데 나는 그 정성에 감사했다. 점심 먹고 오후에 복지관 꽃꽂이 수업에 갔는데 수국이 엄청 많으면서 화려했다. 할머니는 엄청 좋아하셨다. 역시 꽃은 누구나 좋아한다. 이런 꽃꽂이도 치매를 늦추기도 하는 것 같다. 이럴 땐 자주 웃고 참 좋아하신다.

어려운 문제는 불평으로 절대 풀리지 않는다. 하지만 감사의 끈으로 풀면 쉽게 풀린다.

치매 할머니한테 감사의 언어로 "어머님, 식사 잘해줘서 감사해요.", "어머님, 화장실 잘 다녀올 수 있어 감사해요.", "오늘 노래 교실 함께 갔다 올 수 있어 감사해요." 이렇게 칭찬을 하니까 더 순한 치매가 되는 것 같다. 치매라서 잔존능력은 떨어져도 감성은 남아 있는 듯하다.

오늘 노래 교실에 가서 새로운 노래 '최고의 인생'을 배우는데 1절은 가만히 듣고 있다가 2절부터는 손뼉도 쳐가며 따라 부른다. 노래 강사도 의아해하면서, 대견스럽게 여기신다. 그 표정이 참 예쁘다. 나는 동영상을 찍어 보호자에게 보내주었다. 너무 좋아하신다.

언제나 노래교실에 갈 때면 최고 멋지게 공주 아니, 왕비처럼 하고 가시게 한다. 할아버지가 "여보, 당신이 이렇게라도 내 옆에 있어줘서 고마워요." 말씀하신다. 할머니는 고개를 끄덕끄덕하며 "나도 당신 옆에 있어줘서 감사해요." 하신다. 그렇게 잘 지내던 할머니가 어느 날, 갑자기 난폭해지고 치매가 아주 심해졌다. 이제 개인 요양 보호사가 할 수 있는 것이 어려워졌다. 식구들이 상의 끝에 병원으로 모시기로 했다. 요양병원에 가시기로 결정하고 미용실에서 파마도 하고 목욕도 하고 서로 마음의 준비를 하기 위해 기도하고, 다음 날 요양병원으로 가시는데 할머니는 내 손을 꼭 잡고 놓지 않는다.

무슨 뜻인지. 가기 싫다는 얘긴지. 나 보고 그동안 고마웠다는 마음을 표현하시는 건지 좀 안타까웠다. 치매가 심해지면서 보호자에 대한 집착이 점점 심해지면서 집에서는 케어를 할 수 없기에 병원으로 가시게 결정한 것인데 눈물을 주체할 수 없었다. 며칠 있다가 할머니를 뵈러 갔는데 얼마나 반가워하시는지 나를 마구 때리며 왜 이제 왔냐고 소리치신다. 지금 생각해보면 좀 더 기도하고 인내했더라면 얼마나 좋았을까 생각해본다.

할머니를 병원에 모셔놓고 시간이 있어 학원에서 공부해가며 중학교 검정고시 겨우 합격했다. 일하면서 틈틈이 공부한 탓에 겨우 합격. 어쩜 보호자가 도와주지 않았다면 어려웠을 것이다.

초등학교를 겨우 졸업만 했다는 이유로 늘 기죽어 살았는데 검정고시로, 중학교 합격한 이후로는 일하면서 책을 보면서 고등학교 검정고시 과정을 준비하였다. 나이 먹어 하는 공부가 참으로 신나고 재미있다. 한국사 시간이 되면 모두가 애국자다. 일본놈 몇 명 죽는다. 도덕 시간에는 모두가 모범생이다. 저녁에 좀 늦게 자고 낮에 짜투리 시간에 틈틈이 공부한다. 어떤 보호자는 요양보호사가 환자를 돌봐야지 무슨 공부를 하느냐고 한다. 그러면 아무리 돈을 많이 줘도 나는 당장 그만두었다. 환자 잠든 사이에 하는데 내가 공부하는 것을 보호자가 협조해주면 목숨 걸고 환자를 보살폈다.

책을 쓰고자 〈한책협〉의 김도사님과 문자만 주고 받다가 1일 특강을 들어보니 과연 새로운 인생의 길이 보이는 듯했다. 그러나 과제도 제대로 못한 상태라서 아무리 책을 쓰고 싶어도 자신이 없었다. 담당 코치한테 '살려주세요.' 하고 문자를 보냈다. 김도사님이 동탄 스타벅스로 미팅 약속 잡고 올라오라 해서 "네. 알겠습니다." 약속하고 그날 밤 꿈에 우리 112기 동기들은 멋있는 관광차를 타고 출발해서 갔다. 나만 왕따시키고 잘하는 사람만 먼저 타고 갔다. 나를 떼어놓고 갔다.

'두고 보자. 오기로 내가 끝까지 따라 갈 것이다.'라고 생각하며, 작은 차에 앉아 기다리는데 누군가 검정옷, 편안한 복장으로 내 등을 토닥토닥 다독거려주었다. 책 쓰기 선생님인가 보다 생각했다.

그 화려한 큰 차 못 탄 것에 화가 나서 꿈이 깨버리고, 이튿날 11시에 담당 코치와 약속한 스타벅스 1층으로 가서 기다리는데 어디선가 본 듯한 예쁜 여자가 스타벅스로 들어왔다. 여자가 봐도 후광이 비치고 참 멋지다. 근데 어디서 본 듯한데, 영 생각이 안났다. 내가 20분 정도 기다리고 있는데 기다리는 코치는 안 오고 모르는 번호로 전화가 왔다.

"여보세요"

"오늘 약속 하셨지요?"

"네. 스타벅스에 왔어요."

"2층으로 올라오세요."

"네."

2층 올라가서 두리번거리고 있는데 아까 후광이 비친 그 여자가 내 앞에 나타나서 "권순여 씨세요?" 순간 나는 내 몸에 소름이 쫙 돋았다. 밤에 꿈에서 내 옆에 등을 토닥토닥해주던 그 여자였다. 차를 시켜야 하는데 어리버리해졌다.

그분이 코치님이었다. 유튜브, 블로그, 카페, 인스타그램 이 모든 것을 디테일하게 성공할 수밖에 없도록 알려준다. 한책협이기에, 김도사님 명품 코칭이기에 나는 책을 쓸 수 있었다. 김도사님은 내 머릿속에 있는 원고에 딱 맞는 목차를 만들어주셨다. 어떻게 이런 일이 있나 처음에 어떻게 해야 할지 몰랐는데, 두서없이 몇 꼭지 쓰고 나니까 소름 끼치게 나의 생각에 목차가 딱 맞아떨어졌다. 분명히 내가 믿는 그분과 소통하는 것이 확실하게 느껴졌다. 나는 소름 끼친 경험을 여러 번 했다. 김도사님만의 경험과 인내와 행동으로 만들어낸 결과라고 말할 수 있다.

5

삶을 그렇게 심각하게 생각하지 마라

62세 된 박병덕 님, 뇌졸중 환자로 재활병원에 입원해서 나의 돌봄을 받게 되었다. 하루 두 번 기구를 바꿔가면서 운동을 시켜야 했다. 보통 힘든 일이 아니었다. 처음에는 힘들다고 불평을 해대서 협조하지 않으면 퇴원하라고 했다. 그랬더니 할 수 없이 따라 왔다. 나는 그가 나라는 사람을 인정할 때까지는 목숨 걸고 할 것이라고 생각했다. 힘들어도 죽지는 않는다. 처음에 휠체어 태울 때는 너무 힘들었다. 환자가 협조를 하지 않으니 말이다.

환자는 불만으로 쌓여 있었다. 이렇게 불만만 쌓여 있는 환자는 회복

도 어렵다. 본인이 인정하고 회복하기 위해 간절한 마음으로 협조해야
하는데 말이다.

"아버님, 남의 탓 하지 마세요."

이 환자는 나를 만나기 전에, 간병인이 16명 바꾸었다고 한다. 일단 나
는 3개월이 목표였다. 3개월 동안 혼신을 다해 좀 회복시키고 나서 나의
의지대로 이끌어보려고 하였다. 나는 그럴 자신이 있었고 그것이 나의
장점이었다. 그렇게 3개월은 내가 을이 되어서 나로 인해 회복되었다고
인정할 때까지 정말 노력했다. 그런데 딱 3개월까지였다.

"아버님? 어떠세요? 제가 와서 좀 달라졌나요?"
"우선 내가 불평을 해도 다 받아주고 내가 회복되고 있어요."
"네. 하지만 내가 너무 힘들어서 못하겠어요."
"그래도 이런 간병인이라면 내가 회복할 수 있겠다는 확신이 들었는데
힘들다고 하면⋯."
"제가 힘든 것은 아버님의 부정적 태도와 언어예요. 아버님이 완전 저
에게 협조하면서 긍정적인 생각과 언어로 하시면 나는 힘 안 들어요. 그
럼 할 수 있어요. 그렇게 하시면 아버님 식사도 잘하시니까 휠체어 안 탈
수 있어요."

"정말로 가능합니까?"

"해봐야 알지만 제가 하자는 대로만 하시면 분명 가능합니다. 한번 해보도록 합시다."

그랬더니 나에게 월급도 올려준단다.

"하하 정말요? 감사해요."

나의 작전이 맞았다. 나는 환자들은 어린애 같다고 생각한다. 밀당을 잘하면 시작하고 3개월 지날 무렵 갑이 되어서 주도적으로 리드할 수 있다. 그런 이후에는 이 환자를 꼭 살려내겠다는 일념으로 혼신을 다한다. 3개월 후에는 휠체어 타는 뇌졸중 환자는 얼마나 운동을 집중하느냐에 회복 여부가 달려 있다. 재활치료 두 번 하고 저녁 먹고 40분 정도 걷기 운동으로 한 바퀴 돌고 온다. 물론 아직은 혼자 못 한다. 처음에 힘들다고 짜증이더니만, 억지라도 시키니 한다.

"휠체어 탈 때마다 혼자 일어나는 상상하시면서 타세요."

"상상한다고 실제로도 가능해져요?"

"해보세요."

건강의 비결은 바로 내 몸이 자신의 일을 제대로 수행하리라 믿는 데 있다. 몇 개월 후 휠체어를 타는데 훨씬 발에 힘을 강하게 주며 눈에 띄게 호전된 모습이 보였다. 자신감이 붙어 저녁 식사 후 40분 하는 것도 열정이 붙었다. 정말이지 목숨 걸고 재활치료한 듯하다. 6개월 정도 지속적으로 한 것 같다. 병덕 님은 그만큼 좋아졌다는 것이다.

사람은 생각의 근육을 키우면서, 동시에 마음의 근육도 키워야 더 큰 사람이 자란다.

병덕 님은 처음에 비협조적으로 못하겠다 힘들다고 했다. 자신은 희망이 없는 사람이라며 역사상 부정이라는 부정은 다 가지고 살았던 사람인 듯하다. 너무 부정적으로 말과 행동을 하니 나 또한 힘들었다. 나로 인해 조금만 회복됐다고 확인하고 인정하면 나는 거기까지라고 생각하고 몇 달 참고 했다. 처음에 너무 힘들어서 어려웠는데, 이와 같은 어려움을 못 견디고 16명은 가버렸나 보다.

나 또한 3개월 단위로 목표를 세워 3개월만 참아보자 하고 시작했는데 7개월차 지내고 있다. 재활운동도 하지만, 햇볕도 반드시 필요하다. 하루 한 번 30분 정도 공원 산책도 하고, 시간이 날 때마다 책을 읽어주기도 하였다. 나 혼자 눈으로 읽으면서 말했다.

"아버님도 읽어보시겠어요?"

"나는 평생 책하고 담 쌓고 살던 사람이여."

내가 병실에서는 못 하고 산책하면서 공원 벤치에 앉아 하루는 성경책을 읽어주고, 다음 날은 꿈과 희망을 주는 도서 『왓칭』, 『확신의 힘』 등을 읽어주었다. 책 읽어주는 것이 도움이 된 듯하다. 『왓칭』에서는 누구든지 하나님의 말씀을 받는 자는 신이라고했다. 제대로 바라보기만 하면 신처럼 모든 능력을 갖게 된다는 뜻이라고 나와 있다.

"서점에서 파는 책 속에서도 그런 내용이 있네요?"

"그럼요, 성경말씀이 살아 있는 말씀이에요."

병덕 님은 저기 카페에서 커피 두 잔 사오라 하신다. "그래요? 뛰어 갔다 올게요." 병덕 아버님은 커피 한잔하면서 본인이 어려서 힘들게 산 이야기 결혼에 실패한 이야기, 친구한테 사기당한 이야기 등 그 아픔을 다 드러내놓았다. 나는 "아, 네, 힘들었겠어요." 하고 그 말이 끝날 때까지 들어주었다.

삶이 부정적으로 될 수 밖에 없다고 이해가 되고 위로하게 되었다.

"병덕 님 이제부터는 다시 태어난다는 생각으로 옛날 부정적 습관은 다 버리고 오직 초 절대 긍정으로만 사세요. 다시 태어났다는 축하 커피 한잔. 건배합시다. 짠!"

"짠!"

"저는 흙수저에서 별로 크게 달라지지 않을 것이라면, 어차피 그렇게 살 거라면 그래도 선한 영향력이라도 끼치고 살고 싶어요. 세상 보람 있지 않나요? 삶에 보람도 있고. 저는 그렇게 생각해요."

다음 날부터 재활치료 끝나고 공원 벤치로 성경책을 가지고 와서 「욥기」를 읽어주었다. 많이 읽느냐가 중요한 것이 아니라 얼마나 집중적으로 듣느냐가 더 중요한 듯하여 천천히 읽기 시작했다. 욥이 많은 재산과 가족을 다 잃고, 친구한테 조롱당하는 이야기를 듣고는 엄청 안타까워하면서 옛날 소설 이야기 듣는 것처럼 귀가 쫑긋하게 집중하면서 재미있어한다.

"네가 무엇을 결정하면 이루어질 것이요 네 길에 빛이 비치리라 사람들이 너를 낮추거든 너는 교만했노라고 말하라 하나님은 겸손한 자를 구원하시리라 죄 없는 자가 아니라도 건지시리니 네 손이 깨끗함으로 말미암아 건지심을 받으리라"(욥기 22:28-30).

두세 번 반복적으로 읽어주곤 했다. 그러고는 나에게 묻는다.

"겸손한 자가 하나님께 구원과 축복을 받는다고? 나도 이제부터 겸손한 자 되면 축복하시려나?"

"물론이지요. 겸손이 책 속에 있더라고요. 매일 제가 책을 읽어드릴게요."

"고마워요. 진짜로."

"매일 책을 보면서 3개월 단계로 계획과 목표를 세워서 하셔야 합니다. 재활치료를 적극적으로 하되, 완전 건강하겠다는 상상을 하면서 내가 건강하면 제일 먼저 무엇을 하겠다고 그것도 상상하면서 해보세요. 아시겠어요?"

분명히 하실 수 있다고 저는 확신한다. 병덕 아버님은 매우 긍정적으로 바뀌었고 표정이 밝아졌다. 무엇이 아버님을 이렇게 바뀌게 했을까. 나의 밑당과 계획이 맞아떨어졌다.

밑당은 자극을 주기 위해 한 행동이고 계획은 희망과 용기를 주기 위해서였다. 생각이 긍정적으로 바뀌었고 감사하는 마음이 생겼고 겸손해졌고 더 중요한 것은 본인도 회복할 수 있다는 확신과 완전 건강한 사람의 모습에 상상의 포커스를 맞추어 재활치료를 하였다. 그냥 열심히 치료하는 것보다 건강한 상상을 하면서 행동하는 것이 훨씬 더 효과적이다. 8개월 정도 재활치료하여 휠체어는 타지 않아도 된다. 집으로 퇴원하기로 하였다. 병덕 님은 지팡이를 잡고 일어나신다. 퇴원해서는 통원

치료하시면서 매일 족욕을 하도록 했다. 전 같으면 짜증을 냈을 것인데 아주 협조를 잘하신다. 또 매일 성경책과 책을 같이 읽어준다. 족욕을 한 달 정도 했는데 효과가 팍 일어났다. 신통방통하게 눈에 띄게 좋아졌다. 뇌졸중은 몸을 따뜻하게 하면 좋은데 족욕이 그 역할을 하니 매우 좋다.

"병덕 님, 이제 혼자 하셔도 될 듯해요. 어떠세요? 혼자 통원치료 해도 가능할 듯합니다 혼자 할 수 있기에 혼자 못 하시는 분을 도와줘야지요."

"딱 한 달만 더 있다 가요."

"아직 아이들도 출가 안 했다고 들었는데 애들 결혼시켜 손자 얼굴이라도 봐주고 하려면 얼른 회복해야지 않겠어요? 지금까지 아버님은 매사에 부정적으로 막 살아 오신 듯해요. 그래요? 안 그래요? 제가 성격이 좀 급해요. 빨리 대답하지 않으면 제가 먼저 물어봐요. 지금 60 초반인데 손자들 낳으면 손자들한테 떳떳한 할아버지, 신뢰를 받는 할아버지로 남아 있어야지요. 제가 왜 이런 말씀 드리냐면 저희 아버지가 가정폭력을 저지르셔서 가족이 수난을 겪었어요. 좋은 기억이 없어요. 이런 얘기가 제 이야기만은 아닙니다. 병덕 아버님은 좋은 할아버지로 기억되시라고 말씀 드리는 겁니다. 그냥 무시해도 되지만 살이 되고 뼈가 되는 말이죠. 제가 없어도 족욕은 매일 하세요."

"하지 않을 것 같아요."

"무슨 소리예요? 족욕하신 전보다 후가 훨씬 회복하는 데 빠르다는 것

느끼시죠?"

"네. 인정합니다."

"그럼 무슨 망설여요. 바로 해야지요. 뇌졸중 소홀히 하면 재발 가능성 있어요. 재발되지 않도록 건강한 자신을 상상하시라고 했건만 내가 가면 더 이상 안 하시고 멈춰버리겠네요? 저는 여기든 저기든 어디를 가도 상관 없어요. 하지만 기왕이면, 제 손이 더 많이 필요한 곳에 열정이 생겨요. 일하는 보람도 있고요. 병덕 님 제가 처음 뵀을 때 다른 사람도 누구나 할 수 있었다면 아마도 저는 일하는 것 별 재미없었을 겁니다. 힘든 만큼 스릴 있어요. 제가 3개월하고 그만둔다고 할 때 진짜로 가는 줄 아셨지요? 힘들어서 간다고 한 것은 저의 작전이었어요. 가라고 하면 할 수 없고 그것은 병덕 님 복이기에, 그래야 제 말이 먹히거든요. 협조 안 하면 싸워서라도 옳은 길로 향해 이끌어가지요. 저는 제가 맡은 환자는 반드시 회복시키고 영적으로 정신적으로 성장하게 만들어요. 그렇게 안 되면 금식하고 기도합니다. 분명히 됩니다. 기왕이면 선한 영향력 발휘하는 것이 좋지 않나요? 기왕 세상 사는 것, 좀 누군가에게 영향력 있는 역할을 했다면 대단히 위대한 겁니다. 긍정으로 살아도 다 못 살아요. 저는 간병인을 하면서 너무 행복해요. 제가 하는 말을 어른들이 수긍하고 믿어주니까. 저는 처음부터 이 일이 운명적으로 나의 몫인가 그렇게 감지했어요."

6

부모는 자식을 끝까지 책임질 수 없다

86세. 안영숙 님이 치매라고 도와달라며 전화가 왔다. 가서 며칠 안 됐는데 강원도로 여행을 갔다. 이유는 집 수리를 한다고 우리를 잠시 피신시킨 것이다. 보호자는 함께 1박을 하고 집으로 가고 어머님과 나는 콘도에서 1박을 더하고 오기로 했다. 함께 있던 보호자 딸이 없다고 어머님은 물었다.

"아니, 우리딸 은주는 어디 갔어?"
"아 네, 집에 급한 일 있어 먼저 갔어요."
"아 그래."

그리고 세수하고 수건으로 닦으며 또 "은주는 어디 갔대?" 하고 묻는
다.

"아 네 집에 급한 일이 생겨 먼저 갔어요."

"아 그래."

아침 식사를 시작하려는데 또 "우리 은주는 밤에 어디 갔지?" 묻는다.

"아 네, 집에 급한 일이 있어 먼저 갔어요."

"아, 그래."

아침 식사 끝나고 산책을 하면서 또 어머님은 묻는다.

"우리 은주 어디 갔지?"

"아 네. 은주는 집에 급한 일이 있어 먼저 갔어요."

이렇게. 다시 집에 돌아오는 시간까지 같은 질문을 52번 물어 보았다.
그때마다 숫자를 셌냐고? 아니다. 열 번 정도는 세지 않아도 기억한다.
물어볼 때마다 사람인지라 대답해주며 짜증내고 핀잔할 수 있다. 그래
도 절대 짜증내면 안 된다. 처음 물어보는 것처럼 대답해줘야 한다. 치매
어머니가 제대로 생각났다면 또 물어보겠는가. 절대로 아니다. 그것이
병이다. 아마도 2박을 더 했더라면 300번은 더 물어봤을 것이다. 그래
도 처음처럼 대답해줘야 한다. 어머님과 매일 근처 둘레길에 산책을 하

러 간다. 늘 가던 길인데 이날은 어찌 힘든지, 나를 왜 여기로 데려왔냐는 소리를 한다. 집에 있으면 가족이 힘들어한다. 정수기 물을 컵에 받아서 여기저기 뿌려놓고 서랍 속 옷을 새로 다 입어본다. 계절과 상관없이 여름에 겨울 옷 입고, 겨울에 여름 옷 입고 그것을 못 하게 하면 안 된다. 같이 맞장구쳐주며 현재 지금 입은 옷이 제일 잘 어울린다고 칭찬해주는 것이 멈추게 하는 방법이다. 리액션을 아주 크게 하며 시선을 다른 곳으로 돌린다. TV 속 먹는 화면은 바람직하지 못하다. 나오는 사람이 여자면 '저 년이 저만 먹고, 먹어보라고도 안 한다'라고 하고, 남자면 '저 놈이 저만 욕심껏 퍼 먹는다고'라며 비속어를 써가며 뇌신경을 자극한다.

제일 좋은 프로그램은 트로트로, 노래가 나오면 같이 손뼉을 치면서 흥을 돋운다. 적어도 어머니는 그랬다. 그러면 최소 한 시간은 기분이 좋으시다. 산책을 하다가 갑자기 나에게 옛날에 힘들었던 일, 나는 전혀 알지 못하는 억울한 일을 이야기하며 나에게 퍼붓는다. 나는 대꾸도 하지 않고 옆에만 있을 뿐 아무 행동도 하지 않는다. 이럴 때 반려견하고 함께 가면 좋다. 시선을 반려견으로 쏟기 때문에 반려견을 당신이 챙겨줘야 한다고 생각 하나 보다. 나의 경험상 그렇다. 한참을 산책하고 집으로 왔는데, 보호자가 "아니 요양 보호사님. 오늘 무슨 일 있었나요?" 날 보고 무슨 일 있었냐고 묻는다. 나는 별일 없었는데 어머님이 나에게 부정적인 언어로 퍼붓는데 아무 말 없이 듣고 있을 뿐, 아무 일도 없었는데 그

것이 화근이다. 저녁을 먹으려 하는 데 가슴이 아프다. 밥도 못 먹고 보호자가 방에 가서 쉬라고 해서 내 방으로 가 누웠는데, 세상에 눈물이 소나기 오듯이 쏟아진다. 눈물이 나니까 그냥 울었다. 뭔지 모르게 내 가슴이 아프다. 나는 예수님께 기도했다. 얼마나 울었는지 모른다.

보호자가 갑자기 "엄마 살았을 때 전시회를 열어드려야 겠어요."라고 한다.
"무슨 전시회요?"
"엄마가 동양화 그림 20점 정도 있어요."

좋은 생각이다. "기왕 하려면 서둘러요." 딸이 엄마 그림 전시회 열어주면 사진도 찍고 가치 있는 일이다.
"그림은 어디에?"
"작은 방에 잘 포장해두었어요."

매주 두 번은 웃음치료를 하러 간다. 웃음치료를 가면 맨 앞에 앉아 강사가 하는 대로 적극적으로 따라 하도록 유도한다. 스트레칭 운동을 25분 정도로 하고 나면 땀이 흠뻑 난다. 손뼉을 치며 박장대소로 껄껄 웃게 한다. 안 되면 억지로라도 박장대소 손뼉을 치며 웃어야 한다. 안 하면 여기 뭐 하러 왔냐고 강사한테 혼난다. 30명 정도가 웃음치료 참여하는 것은 환자뿐만 아니라, 보호자도 많은 힐링이 된다. 다 똑같은 몸짓으로 하는데 혼자 안 하고 뻘쭘하게 있는 것도 이상하다. 치매 환자이더라도 잘 따라 하신다. 20분 정도 웃고 나면 15분 정도 웃음치료 교실에 와서 변화된 이야기 듣는 시간이다.

어떤 사람은 언어장애인인데 언어가 많이 치료가 됐다고 자랑을 했다. 기적이다. 암환자가 항암치료를 하면서 너무 절망이었는데 아직 살아 있음에 감사하고 그분은 감사를 넘어 감동을 주었다. 감사가 넘치기에 좋은 바이러스는 옆까지 전염된다. 그분이 올 때마다 먼저 춤을 추고 너무 행복하다고, 이렇게 감사한 것을 몰랐다고 한다. 정말 이 분이야말로 암이라는 것이 변형된 축복인 듯하다. 감사해서 어떻게 표현을 못 하겠다고 한다. 또 어떤 분은 지금 40세밖에 안 됐는데 암에 걸렸다고 울면서도 감사하다고 한다. 사회적으로, 경제적으로, 더 이상 부러울 것이 없는데 아직 못한 것이 많은데 라면서 전에 못 해본 기부를 하겠다고 했다.

대학병원에 돈이 없어 치료 못 하는 사람 치료비 목적으로 10억을 내놓았다고 해서 우리는 환호하며 함께 기뻐했다. 재산이 100억이 넘는다고 했다. 죽기 전에 이 돈 다 쓰고 죽고 싶다고 말이다. 그분은 성공하고 결혼하려고 했지만, 생각지도 않은 암이 먼저 찾아왔다. 생각해보면 억울하다고 생각할 수 있다. 악이 아닌 선행으로 100억을 쓴다면 그 암덩

어리가 녹아버리지 않겠나 싶다. 잘생겼고 명문대 나왔고 공부도 잘했고 부모님이 물려주신 유산에 돈을 잘 벌 수 있는 능력도 있고 부족한 것이 없는데 왜 그런 병이 걸렸을까! 어쨌든 지금 좋은 마음으로 기부를 한다니 감사할 일이다.

본인도 암세포로 인해 감사하다고, 암으로 인해 인생을 다시 배운다고 한다. 아버지가 몇 달 전에 암으로 하늘나라 가시고 홀어머니 혼자 두고 본인도 죽을까 봐 제일 걱정과 염려가 된다며 눈물을 훔친다. 그분은 그 다음 주에 봤을 때 암환자 같지 않고 기쁨이 충만해 보이고 감사가 넘쳐 보였다. 암으로 다시 태어난 듯하다.

여러 질병이 있지만 노인성질환 중 치매가 제일 무서운 듯하다. 어느 날 갑자기 식사를 잘 삼키지를 못하신다. 식사를 못 하시니 산책도 못 하시고 누워만 계신다. 다른 방법은 뉴케어 식사로 대치하기로 했다. 어머님은 완전 음식 거부증이다. 그래도 하루 1,200g 먹여야 한다고 뉴케어 6통을 억지로 먹이는데, 하루 종일 먹이게 된다. 먹기 싫은 것 억지로 먹인다는 것은 바람직하지 못하다. 억지로 먹기보다 어머니 입장을 생각해 볼 필요가 있다. 건강한 사람에게 먹기 싫은 것 억지로 먹게 한다면 고문이지 않겠는가.

건강해서 오래 살아야지, 가족도 몰라보고 딸도 몰라보고, 먹는 것도 완전 거부하는데, 억지로 먹여 몇 달 더 산들 그 어머니가 행복하다고 만족할까? 다음에 만나면 고맙다고 말할까?

산책도 못 하니까 방벽에 손잡이 만들어 넘어질까 봐 손잡이에 몸을 묶어놓고 한 시간씩 세워놓는다. 이제는 아파도, 힘들어도, 괴로워도, 표현을 전혀 못 하신다. 숨만 쉬고 있을 뿐이지, 음식도 못 먹는다. "물?" 하고 물어보면, 입을 쭉 내민다. 그런데 보호자 딸은 물은 안 되고 뉴케어만 주라고 한다. 물은 영양성분이 없으니까 영양성분 있는 뉴케어 주라고 한다. 이 어머니는 무슨 죄를 이렇게 많이 졌는지 물 먹는 것도 마음대로 못 먹는다. 누가 이 보호자 딸 좀 말려줬으면 좋겠다. 다른 가족은 어머니를 못 보게 차단해놓고 문도 안 열어주고 혼자 효도다.

이건 어머니를 고문하는 것이라고 생각한다. 외부를 차단하고 다른 형제들과도 단절하고 어머님 집착하면서 판단이 흐려진 듯하다. 우울증이 의심된다. 다른 형제들이 어머니를 만나게 하려고 법원에 신청했는데 엄마를 모시고 있는 딸이 "나는 내 인생 포기하고 치매 어머니를 7년째 모시고 산다."라고 말한다. 어머님은 지금 딸도 모르고 가족도 모르고 치매가 오기 전에 믿음 생활 잘하다가 지금은 아무것도 모르는데 돌아가실 때 예수를 모르고 지옥 가게 되면 어쩜 좋을까. 나는 이 점이 제일 걱정된다. 앞으로 이 상태로 10년을 더 산다면, 아마도 지금 엄마를 돌보는 딸은 중증환자가 되지 않을까 짐작해본다. 현재 엄마 장기간에 돌보기 너무 힘들어서 우울증, 목디스크, 이런 질병으로 약을 먹고 있다. 이 질병은 쉽게 치료되는 병은 아니다. 판사가 어머니 상태는 모르고 모시고 사는 딸 편에서 판정을 내린다. 생각해보면 정말이지 대단하지만 과연 엄마가 이걸 원할까 싶다. 부모는 자식을 끝까지 책임질 수 없다. 다른 한쪽 부모가 아직 함께 있다면 판단력 없는 보호자 딸을 판단해주지 않을까. 결혼도 안 하고 아무도 모르고 알아보지도 못하는 엄마만 붙들고 있는 것이 과연 옳은 일인가 분별이 안 된다. 친지도 형제들도 교우 식구들도 모두 차단하고 아무것도 모르는 엄마만 보고만 있으니 판단력이 흐려진 듯하다.

몸이 필요한 것은 충분한 휴식과 맛있는 음식과 심적인 편안함이다. 사람은 언제나 행동하기 전에 생각부터 해야 한다. 좋은 생각, 긍정적인 생각, 열정적인 생각을 해야 제대로 행동하게 되는데, 그렇지 못하면 방황이다. 잘못된 방향을 바꾸기 위해서는 일단 멈춘다.

7

나이가 들면 자신에게 너그러워져야 한다

75세 서준호 님. 동갑내기 부부 암환자라고 연락이 왔다. 요양보호사 보살핌으로 잘 견뎌내고 있다. 노환으로 힘도 없고 어머님은 대장암 수술해서 장루를 차고 있어야 한다. 아버님은 위암 환자이시고, 수술하시고 소량에 식사를 자주 하신다.

아침 먹고 10시쯤 편안하게 죽을 조금 드셔야 하고 중앙공원에서 운동 1시간 하고 또 12시 지나면 점심에 소량 죽을 조금 드셔야 한다. 3시쯤 또 다른 죽으로 편안하게 드셔야 하고, 저녁은 쌀죽 소량으로 드시고 야채도 데쳐서 드시고 콩나물을 잘게 쫑쫑 썰어 된장 1티스푼으로 쌀 불렸다 죽을 끓여드리면 아주 잘 드셨다. 뚜껑을 열어놓고 중불로 끓인다. 암

환자 식사 준비하는 것이 여간 어려운 게 아니다. 어머님은 장루를 차고 계시기 때문에 수시로 장루를 비워줘야 한다. 이렇게 4개월 정도 지나니까, 한끼 정도는 현미밥으로, 간식은 뉴케어로 드시기로 하였다. 힘드니까 죽을 사다 먹을 수도 있지만 사온 죽은 금방 물린다. 집에서 끓여 먹는 것이 훨씬 맛있다. 신선한 제철 야채 갈지 말고 칼로 쫑쫑 썰어서 죽을 끓인다.

1년 이상 되니까 죽은 끊고 백미 5, 협미 5로 밥을 지어 소량으로 먹되, 아주 조금씩 양을 늘린다. 운동 역시 꾸준히 하면서 단백질 식품 꼭 챙겨 먹고. 이렇게 18개월 정도 잘 견뎌오면서 병원 가서 검진을 받아봤다. 담당 의사는 거의 현재까지는 완치에 가깝다고 각별히 조심하고 식이요법 잘하시고, 꾸준히 운동하시라고 했다. 아버님은 의사의 거의 좋아졌다는 말에 날아갈 듯이 좋아하시면서 당신이 하시던 사업에 또 열정을 쏟아붓는다. 어머님이 걱정하며 만류해도 사업에 혼신을 쏟는다.

사업이 부실하면 아버님이 느슨할 텐데 사업이 너무 잘된다. 아버님 연세도 있으시고 암 재발될 수 있어 조심하라고 항상 당부한다. 본인이 암환자였다는 것을 잊어버린 듯하다. 일에 미친 듯하다. 일에 미친 듯이 하니까 잘될 수밖에 없다. 이것이 어쩜 유혹인지 모른다. 유혹이라기보다 욕심이다.

이렇게 1년 동안 잘 지내왔다. 갑자기 결국, 출근길에 아버님은 쓰러지셨다. 119 불러 수술한 병원 응급실로 갔다. 아버님은 검사를 서둘러서 하고 사진도 찍고 담당의사도 찾아왔다. 의사가 고개를 갸우뚱한다. 재발이 의심이 된다. 다음날 아침에 담당의사가 재발되어 폐까지 전이됐다는 소식을 전해줬다. 거의 나았다고 해서 재발 조심하시라고 당부했는데 너무 안타깝다. 수술할 수 있냐고 물었다. 지금 상태로는 수술할 수 없다는 대답이다. 자녀들은 유학 보내 외국에서 살고 있다. 딸만 둘 있는데, 노부모를 두고 어찌 둘 다 외국으로 가 있는지 좀 안타까웠다.

큰딸한테 전화를 했다. 아버님 재발됐다는 소리에 어머님도 잘 견뎌왔는데 스트레스를 급작스럽게 받는다. 아버님은 이제 와서 후회하신다.

"어머님도 몸이 안 좋아 입원하세요."

"어떻게 안 좋아?"

"식사를 못 하세요. 집에서는 제가 두 분 모셨는데 병원에서는 병실이 달라서 두 분 못 모시겠어요. 간병인 구해보세요."

좀 젊은 간병인을 구해서 어머님 돌보게 하였다.

"아버님, 나이 들면 자신에게 좀 너그러워져야 합니다."

"좀 일찍 적극적으로 말리지 그랬어요."

"제가 얼마나 말렸는데요. 그런데 그때 아버님은 사업 외에는 아무것도 안 보였어요. 그럴 때 스스로 깨우쳐야지 그 누구의 말도 들리지 않아요. 사업이 잘될 때 다른 분에게 팔면 좋은 가격으로 팔 수 있는데 욕심이지요."

내 말이 맞을 수도 있는데 단순 간병인이라고 생각하고 귀담아 듣지 않는다. 일단 항암치료를 시작했다. 항암치료 네 번 했는데 부작용으로 더 이상 항암치료를 할 수가 없게 되었다. 딸이 언제 오려나 도통 소식이 없다.

"요양사님, 고마워요. 그 동안 암환자 둘을 돌보는데 힘들어도 내색 않고 정말 고맙게 생각해요. 이번 달 월급은 봉투에 직접 줄게요. 받아요."

"감사합니다. 웬 봉투가 이렇게 두툼해요?"

"만 원짜리로 넣었구만요. 오만 원짜리 해야 간단하지요. 열어봐요."

"돈 잘못 넣으셨네요. 오만 원짜리가 뭐 이렇게 많아요?"

"한 달치 더 넣었어요."

"아버님. 이것은 반칙입니다."

"다른 사람에게도 이렇게 해요."

"아버님, 저 처음에 정말로 힘들었습니다. 그래도 좋았어요. 다른 사람은 못 하는 것 저는 할 수 있음에 감사하고. 참 좋았습니다."

사실 내가 오기 전에 간병인 면접 4명을 봤는데, 2명을 돌봐야 한다고 하니까 월급 두 몫 주냐고 해서 아니고 한 명분 주지만 100만 원 더 준다고 하니까 못 한다고 갔단다. 아침마다 기도했다. 여기서 못 버티면 벗어나게 해달라고, 내가 버틸 수 있도록.

"제 말 좀 들었더라면 얼마나 좋았을까. 근데 얼굴은 편안해 보이시네요."

"다 내려놨어. 여기까지가 나의 운명이야. 사업이 그렇게 잘되는 것 때문에 내가 열정적으로 몇 달 살았잖아. 나는 후회 없어. 몇 달간 얼마나 재미있게 사업을 했는지 몰라. 돈을 떠나서 30년 동안 사업하면서 이렇게 재미있게 한 적이 한 번도 없었던 것 같아. 나는 암이 재발 되었어도 그 몇 달이 너무 행복했어요. 내가 암 수술하고 사업 재도전한다고 하니까 거래처도 수금도 잘해주고 그동안 쌓아온 신뢰와 기술 제품을 인정하는 것이지요. 제품이 안 좋은데 거래하나요? 내가 먼저 갈지 아내가 먼저 갈지 모르지만, 우리 부부 갈 때까지 돌봐줘요."

"아니 아버님, 저에게 어떻게 두 분 돌아가시는 것을 다 보란 말이에요. 한 분이라도 건강히 회복해주셔야지요. 이제는 하늘에 맡기겠습니다. 알겠습니다. 염려마세요."

아버님 컨디션에 따라서 어머님 컨디션 역시 오르락내리락한다. 딸 둘을 어려서부터 외국으로 유학 보내고 두 부부만 의지하며 살았다고 한다. 그때는 엄마, 아빠가 젊어서 힘 있을 때였고 지금은 그 손녀딸들의 외국 유학을 함께 갔다고 한다. 이 노릇을 어찌 한단 말인가. 자녀도 외국에 가 있고 엎친 데 덮친다고 딸은 자기 딸이 아프다고 전화가 왔다. 어머님은 아버님을 유일하게 의지하고 살았는데 그 남편이 재발됐다는 말에 극도로 스트레스 받다가 또 입원했다.

늘 한날한시에 천국 가자고 입버릇처럼 말했다고 한다. 딸한테 연락했는데 아직 오지 않고 비행기를 탈 수가 없어 제때 못 온다고 한다. 딸한테 연락했는데도 아직 오지 않고 있는데 이 부부를 어찌 한단 말인가. 딸은 자기 딸 챙기기 위해 얼른 못 오나 보다.

아버님은 날마다 상태가 점점 나빠지고 있다. 아버님은 현금 1억 4천만 원 있는 통장을 직불카드와 함께 나에게 줬다.

"아버님. 이게 뭐예요?"
"일단 가지고 있어봐요. 아직 딸이 안 오니까 내가 가족같이 믿고 맡기니까. 우리 부부가 잘못되면 모든 것을 처리해줘요."
"다른 형제는 없으세요?"
"우리 부부는 이북에서 내려와서 형제도 없고 피붙이도 없어요."

"아버님, 이건 아닌 것 같습니다."

"일단은 가지고 있어요. 내가 잘못되면 감당 못 한다고 날 버리고 가지 말고 끝까지 책임 부탁한다고."

제발 딸이 올 때까지 버텨달라고 하나님께 간절히 기도했다. 병원비랑 해결하려면 당황하지 말고 만약에 딸을 못 본다면 화장해서, 철원 끝 위에 북한이 잘 보이는 곳에 뿌려달라고 하신다. 아버님은 이제 목소리가 아주 작아졌다. 무슨 말을 하시고 싶어서 들어보니 "처음 우리집에 와서 하루 여섯 번 죽과 간식을 챙겨주면서 불평하지 않았을 때, 나는 당신이 어떤 사람이라는 것을 알았어요. 그래서 현금 통장도 맡기는 겁니다." 라고 말하신다. "아버님, 제 진심을 믿어줘서 고맙고 감사해요. 염려마세요. 딸 오면 확실하게 전해줄게요." 그때 어머님 병실에서 연락이 왔다. 불길한 예감이 엄습했다. 역시 생각대로였다. 나는 어머님이 천국으로 가셨다고 아버님한테 말하지 않았다. 굳이 말할 필요가 없을 듯했다.

아버님은 내가 말하지 않아도 어머님이 운명했다는 것을 아신 듯했다. 어떻게 알까? 이제 말씀을 전혀 못 하신다. 그런데 무슨 말을 하고 싶은 듯하다. 나는 아버님이 이럴 때 무슨 말을 하고 싶을까 순간 고민해봤다. 어머님 안부를 물어보고 싶은가. 그 전에 내가 물어봤다. 혹시 어머님 꿈에 봤어요? 그랬다. 눈을 깜빡깜빡한다. 역시 나의 촉이 맞다. 어머님이 뭐라고 해요? 성질 급한 내가 대답도 내가 말했다. 먼저 간다고? 아니면, 손만 흔들어주었다고? 그랬다고 표정으로 말한다.

그날 저녁에 아버님은 한 고비 넘겼다. 아마도 딸을 기다리는 듯하다. 지금 나를 눈이 빠지게 바라본다. 하고 싶은 말이 있는 듯하다. "하늘나라 바라보는 사람이 무슨 하고 싶은 말이 많아요?" 맞는가는 몰라도 성격 급한 내가 대답도 내가 한다. "열심히 살았다고?" 끄덕. "그랬을 것 같아요." 끄덕. 나를 집중해서 바라보는 것은 하고 싶은 말 있다고 하는 뉘앙스다. "뭐예요?" 이럴 땐 뭐라고 할까 고민해봤다. "딸 사랑한다고?" 그 말이 아닌가 보다. "고맙다고?" 깜빡. 준호 아버님은 그날 새벽에 하늘나라로 가셨다.

임종은 못 보고 입관하기 전에 딸들이 손녀들과 들어왔다. 나는 아버님이 준 통장을 건네주었다. 딸들은 이게 뭐냐며 깜짝 놀라 받았다. 만약에 그 돈을 건네주지 않았다면 어찌 했을까. 아마도 지금 내가 책 쓰는데 분명 진정성 없는 것을 쓰지 않을까 한다. 딸들은 그것을 전해준 것에 감사해하면서 작은 봉투 하나 주었다.

"괜찮은데요."
"아닙니다. 이 통장 주지 않아도 우리가 어떻게 알겠어요. 고마워요."

만약에 통장을 주지 않았다면 돌아가신 이후에 통장에서 돈이 빠진 것을 알 텐데. 내가 무슨 망신인가. 솔직히 말하면 순간 고민했다. 마음 깊은 데서 절대 그러면 안 된다고 했다. 돌려주고 나니 홀가분하다. 아버지가 하고 싶은 말을 메모해 전해주었다.

8

'그때 나는 왜 그랬을까'라며 후회하지 마라

폐암 환자 케어했을 때 일이다. 폐암 환자는 할아버지였다. 할아버지는 큰 딸 결혼할 무렵 바람 피워 두 집 살림을 하고 있었다고 한다. 큰딸이 대기업으로 결혼한다고 상견례 끝나고 얼마 후 파혼당했다. 신랑 측에서 신부 아버지 뒷조사를 해보니 두 집 살림을 한다는 이유로 파혼한 것이다.

그로 인해 할아버지 부부는 15년 동안을 냉전 상태로 살았다고 한다. 아들 또한 아버지와 한통속으로 어머니를 왕따시키고 서로 무관심으로 살았다. 몇 년 전에 아버지가 폐암으로 입원했다. 그동안 어머님 없는 시간에만 아들이 왔다. 참으로 너무도 안타까웠다. 그러던 어느 날, 갑자기 할아버지가 혼수상태로 의식을 잃고 1인실로 가게 되었다. 며칠이 지나도 깨어나지도 않고 혼수상태로 있었다. 딸들은 아버지 정신 차리라고 허벅지를 시퍼렇게 멍들게 꼬집어 놓는다.

"세상에, 정신 차리면 아파서 통증은 물론이고 고통을 더 심하게 느끼실 텐데 이중고통을 주는 겁니다. 그렇게 제발 하지 마요."

이렇게 고통을 더 받으면서 며칠 더 사는 건 살아 있는 가족들의 이기적인 생각일 수 있다. 나는 그런 것은 이중고통이라고 생각한다. 보호자 딸이 집에서 있으라고 하기에 집에 와서 할머니와 식사를 하고 "할머니! 왜 병원에 안 가세요? 가족이라면 당연히 가셔서 임종하셔야 하지 않나요?" 하고 물어보았다.

할머니는 15년 동안 아버지와 아들이 어머니를 왕따시키고 살았는데 이제 와서 무슨 할 말이 있냐고 절대로 안 간다고 하신다.

"무슨 소리예요? 지금이 그동안 묵은 것을 다 털어내고 소통할 수 있는 절호의 기회인 줄 몰라요? 두 부자한테 화해할 수 있는 시간은 지금밖에 없습니다. 아마도 아들은 어머님을 어쩜 안 보실 수도 있어요. 지금까지 아버지 말만 믿고 어머니 말은 전혀 들어보지 않았잖아요."

어머님은 바로 병원에 가서 아버지 발 붙잡고 "여보 미안해요. 제가 잘못했어요." 하셨고 아버지는 무슨 말을 하시고 싶은 듯했다. 그러고 있는데 아들이 들어왔다. 순간 아들 눈에 눈물이 주르륵. 아들은 그동안 아버지가 너희 엄마가 나쁜 엄마라고 하니 엄마를 왕따시킨 것이었다. 결국은 아버지 바람피운 것을 합리화시킨 듯하다. 보이지 않는 마음 고생한 듯 "엄마, 엄마!" 하면서 서로 안고 울고 아버지 귀에다 대고 "사랑해요. 여보. 미안해요." 하신다. 아버지는 다 듣고 계신 듯했다.

결국 어머니는 내가 시키는 대로 잘해주셨다. 그 바람에 아들과 어머니 화해는 물론 아버지도 말씀은 못했지만 어머니와 화해하시고 편안한 표정이었다. 결국 아버지 죽음 앞에서 15년 동안 소통이 없던 가족이 화해를 했다. 아버지는 당신의 잘못으로 아내와 아들이 15년 동안 마음고생을 한 것을 풀기 위해 며칠을 혼수상태인데도 숨을 멈추지 않았나 보다. 어머니도 아들, 딸들이 울고 있는데 숨을 깊게 쉬더니 의료진들이 왔다. 아버님은 "지금 이 시간 사망하셨습니다."라고 한다.

이런 때는 요양보호사를 참 잘한 거 같다. 보람을 새삼 느껴 보았다. 어머님은 "나에게 그런 말 해줘서 참 고마워." 하신다. "어머님이 자존심 내세우고 고집 부렸으면 할 수 없었지요. 잘하셨어요. 쉽지 않은 말씀 하신 겁니다."

어머님 생각에 아버지 돌아가신 것보다 아들과 화해한 것이 더 뿌듯하신 듯 자꾸자꾸 그 생각을 되새긴다.

감사는 현재 가지고 있는 것에 충분히 아니 더 많이 느끼게 한다. 부정을 수용으로 바꾸고 혼돈을 질서로, 혼란을 명쾌함으로 돌려 세운다. 한 끼 식사를 풍족한 잔치로, 평범한 집을 오순도순 정이 흐르는 가정으로, 나그네를 친구로 바꾼다.
— 멜로디 비티

할머니가 좀 더 일찍 화해했더라면 좋았을 것을 후회하면서 안타까워했다. 그래도, 감사한 것은 이제부터 아들하고 그동안 못 했던 것 하면서 산다고. 스스로 원하지 않으면 절대 일어나지 않는다. 가족이라면 특히 부부라면, 자존심 따위는 개나 던져줘라. 어머님이 좀 더 일찍 자존심을 버렸더라면…. 누구나 그 때는 모른다. 뒤늦게 깨닫고 후회한다. 그것은 생각해보면 잠시 내려놓고 멈추면 깨닫게 되는 것 같다. 멈추고 고민하고 뒤돌아보기도 하고. 자녀들이 물론 성인이지만 마음 고생을 하지 않았을까 생각해본다.

할아버지는 본인 때문에 아들과 엄마 사이에 엉클어진 매듭을 풀어놓고 가시려고 하신 듯하다. 할아버지는 임종 직전 분명 무슨 표현을 하시려고 하는데 아무도 못 알아들었다. 나는 알 것 같다. 미안하다고, 사랑한다고, 고맙다고, 하신 말이다. 엄마, 아빠가 갈등이 생기면 자녀들의 추억 만들기가 없어진다. 살아가면서 행복했고, 좋은 기억들이….

삶의 흔적이 많을수록 행복감과 충만함을 느끼며 때에 따라 보상받는 느낌이 든다. 어느 때는 스스로 위로받을 때도 있다. 휴가를 떠나 가족들과 함께 즐기던 그때가 언제였나? 명절이었나? 이런 순간 좀 더 누리지 못하도록 막는 것이 무엇인가.

나는 8세 때 친척 오빠한테 성폭력을 당하면서 늘 우울한 얼굴로 살았다. 엄마한테 말해도 엄마는 왜 그 오빠를 혼내주지 않았는지…. 나는 엄마를 많이 원망하며 살았다. 엄마는 내가 7세때부터 동생들을 나에게 맡겨놓고 돈 벌러 아침에 가서 저녁에나 왔다. 5세 동생, 3세 동생, 아마도 셋째 동생은 돌 전이었던 것 같다.

내가 업고 다닐 때도 있지만 내려놓고 다닐 때는 동생이 마당가에 고구마와 감자를 심어놓은 것을 손으로 후벼서 날것으로 먹었다. 나는 그것을 보면 동생을 붙잡고 그거 먹으면 배 아프다고 못 먹게 했다. 지금 당장 배고픈 것을 못 참아서 너무 배고파서 생감자를 후벼 파 먹은 것이다. 엄마가 와서 그 이야기를 했더니만 엄마도 울고 나도 같이 울었다.

그래서 동생은 내 등에 있는 날이 더 많았다. 늘 업고 다녔다. 어느 날은, 업은 동생이 포대기에서 빠져 길바닥에 떨어지기도 하고, 어느 날에는 업고 가다가 냇가에 빠트리기도 했다.

셋째 동생이 많이 아프다고 했다. 병원 진단은 그 어린 것이 중풍이란다. 내가 업고 다니며 도랑에 빠트리고 길바닥 돌덩어리 위에 떨어트리고 하면서 머리를 다쳤는데 바로 치료하지 못해서 중풍이 왔다고 한다. 나는 그 셋째 동생이 결국 죽던 그날 엄청 울었다. 지금 생각해보면 내가 7세인데 돌도 아직 안 된 애기를 나에게 맡겨놓고 온종일 나가 있다가 저녁에 집에 와서 밥해주는 건 너무 심한 처사가 아닌가 한다.

겨우 내가 9세가 될 때 엄마는 여동생을 또 낳았다. 나는 셋째동생 죽음도 아직 잊지 않았는데 또 넷째 동생을 낳았다. 우리 엄마는 애기 낳는 공장인가. 나는 힘들어 죽겠는데 그 동생 돌봐야 하는 것 생각하면서 나는 울었다. 나는 오빠가 나한테 한 짓을 엄마한테 말했는데 오빠는 엄마한테 시치미를 뚝 떼고 방학이라고 오빠 집으로 갔다. 나는 그 오빠가 죽어버리고 다시는 오지 않으면 좋겠다고 순간 무서운 생각을 해보았다.

엄마는 오빠 말만 믿고 내 말은 전혀 들어주지 않았다. 지금 생각해보면 그때가 가장 치욕이었던 것 같다. 우리 집 근처에 그 오빠 고등학교였기에 3년 내내 우리 집에서 살았던 것 같다. 엄마가 돈 벌러 간다고 넷째 동생을 또 나에게 맡겨놓고 일하러 갔다. 그날은 학교 가는 날인데 아랫집 친구가 학교 같이 가자고 찾아왔다.

"동생 때문에 나는 못가."

"지난번에 영희도 동생 데리고 왔어. 너도 동생 데리고가."

"그래."

동생을 업고 나의 책가방은 친구가 챙기고 교실에 앉아 있는데 동생은 눈치가 있는지 내 옆에 얌전히 앉아 있다. 지금도 그렇지만 그 동생은 아주 영리했다. 선생님이 오셔서 깜짝 놀라 부동자세로 "동생을 데려왔구나." 혼나면 어쩌나 하고 쫄렸는데 다행히 혼나지는 않았다. 친구들이 과자랑 사탕, 간식을 주고 다행히도 동생은 울지도 않고 과자 먹고 잘 놀고 있다.

2교시에 냄새가 났다. 동생이 똥을 싼 것이다. 순간 선생님은 내 얼굴을 바라보며 어떻게 해야 할지 난처한 표정으로 나는 얼른 동생을 데리고 화장실에 가서 씻기고 다시 교실에 들어가고 싶지 않았다. 너무 쪽팔려서, 창피해서. 그대로 동생을 업고 울면서 집으로 왔다. 가방은 나중에 친구가 가지고 왔다. 그 친구가 아주 고마웠다. 그 친구가 학교 가자고 하지 않았더라면 그 창피한 일은 없었을 텐데 하고 순간 원망했지만 아주 고마운 친구다. 저녁에 엄마가 왔을 때 학교에서 있었던 일 말하면서 나는 엄마한테 마구 토해냈다. "얼마나 창피했는지 알아?" 엄마는 미안하다, 내가 잘못했다고 하셨다. 그때 내가 엄마한테 했던 말이 "엄마, 이제 애기 좀 그만 낳아."였다.

"그래, 그렇게 할게. 알았다. 알았어."

나는 학교 등교한 날보다 결석한 날이 더 많았다. 초등학교 54명중 1등이다. 맨 뒤에서 말이다. 좀 잘하면 53등이고 왕따에다가 공부는 꼴찌. 중학교도 54명 중 52명은 중학교 들어가고 2명만 못 갔다. 그중 한명이 나였다.

친척 언니집에 갔는데 언니 아는 분이 나에게 무언가 해보라고 하기에 시키는대로 해보았다. 그것은 아이큐 검사였다. 그분은 기계가 고장인가 하고 나를 보고, 기계를 보고, 고개를 갸우뚱했다. 검사결과 30으로 나왔다. 30은 완전 돌머리. 나는 그것이 아이큐 검사하는 것인 줄 몰랐다. 알았다면 절대 하지 않았지. 나는 내가 어떤 사람인지. 너무도 잘 안다. 한마디로 돌머리. 나는 공부를 못해서 늘 공부가 목말랐다. 모르니까, 답답하니까 시간이 나면 책을 즐겨 보았다. 유일하게 삶의 끈을 놓지 않고 살아남기 위한 흔적이었다.

2장

언젠가는 영영 오지
않을 수 있다
지금 바로 시작하라

1

나이 들어 하는 공부가 가장 재미있다

나는 늘 항상 공부를 갈구하여 책을 읽었다. 시간만 되면 서점에서 책을 보곤 했다. 너무 모르니까 좀 있어 보이려고, 무시당하지 않으려고. 결혼해서 9남매 맏며느리 역할과 삼남매 자녀들 키우기가 너무 힘들기에 나의 공부는 쭉 미뤄놓고 있다가 삼남매 공부 마치고 52세에 중학교 검정고시 공부를 시작하였다. 지금도 그때를 잊지 못한다. 그때의 행복함을…. 영어 단어 외우기를 할 때 온 집안에 영어 단어 스티커로 도배를 했다. 차에도 운전하고 가면서 drive, 이 단어를 잊지 않으려고 붙여놓고, 수시로 보고, 암기한다고 하면서 막상 붙여놓고 다음에 보고 "이게 뭐더라, 이게 뭐지?"한다.

공부하다가 몰라서 영어 선생님한테 문자로 물어봤다. 선생님은 쉽게 알려줘서 '선생님 감사해요'라고 문자 보냈다. 답장이 왔다. 'you're welcome.' 이렇게. 이것이 무슨 단어인지 몰라서 같은 반 학생들한테 문자를 보내어 "언니, 이 단어 알아요?" 물어도 다들 모른다고 하하하, 이 단어가 어디서 왔냐고 묻는다. 우리 만학도 학생들은 알 턱이 없다. 3년 동안에 배워야 할 것을 단 몇 개월 만에 배워서 합격한다는 것은 쉽지 않았다.

국어 시간이면 모두가 시인이 된다. 세종대왕이 자음 모음으로 이렇게 훌륭한 글자를 만들었다고 감탄 연발이다. 제 나이 때 공부를 했다면 더 잘했을 거라고 아쉬워했지만 정녕 그때 공부를 했더라면 이렇게 열정과 행복감은 느끼지 못 했을 거라고 한다.

국사 시간이 되어 일제강점기 배울 때면 일본 군병들 몇 명 죽고, 독립군 몇 명 나온다. 위안부 할머니들이 갑자기 만학도 엄마, 할머니가 된다. 나이 들어 공부하는 것이 참으로 순수하고 행복했다.

수학 시간이 되면 갑자기 머리가 띵~하고 아프다. 연산문제가 어쩌고 피타고라스의 정리, 원과 접선이, 두 집합 어쩌고, 연립방정식, 이차방정식 하는데 도대체 알 수가 없다. 기적의 특강, 족집게 특강이라고 하면서 특강비를 엄청 비싸게 내가면서 배워도 선생님이 문 열고 나가면 완전

깜깜이로 돌아가 버린다. 두 집합, 이차방정식 몰라도 생활하는 데는 아무 지장 없는데 이 어려운 것을 왜 기어이 배우라고 하는지. 만학도 학생들은 안 하면 그만인데 굳이 하면서 본인들이 머리가 안 돌아간다고 인정하며 서로 하소연을 들어주기도 하고 자신의 하소연도 풀어낸다. 어떤 만학도 학생은 가족도 몰래 하기에 집에 가서는 숙제도 못 한다고 울상이다. 어떤 만학도 학생은 남편한테 특강비 타왔다고 점심 한턱 쏜다고 한다. 어떤 학생은 아들한테 특강비 타 왔다고 저녁 먹고 2차 노래방 비까지 쏜다고 약속 잡지 말라고 한다. 그러다가 모의고사 볼 때는 배운 문제는 한 개도 안 나오고 다 안 배운 것만 나온다고 만학도 학생들은 아우성이다.

선택 과목 중 제일 만만하기에 도덕을 선택했다. 도덕 시간이 되면 만학도 학생들은 다 바른생활 학생들이다. 백점을 맞을 듯이 자신만만하지만 정녕 모의고사를 보면 100점짜리는 한 사람도 없다. 자신만만한 사람들은 시험 보고 어디 가버렸다 보다. 그 정도로 생각보다 어렵다는 말이다. 사회 시간이 되면 모두 양보심 많은 애국자인 듯하다. 네거티브 어쩌고, 님비현상, 핌피현상 배우면서 '아~그렇구나.' 하면서 했지만 겨우 합격하고 다 잊어버리고 머릿속의 지우개로 깨끗하게 지워졌다.

얼마나 열심히 했는지 어깨에 오십견이 와서 1년을 고생했다. 그래도 보람도 있고 참 재미있었다. 그동안 아이들 삼남매 출가시켜놓고 10년 후에, 60세 나이에 고등학교 검정고시에 도전하였다. 중학교와 달리 정말 어려웠다. 나의 목표는 고득점 맞아 대학을 가는 것이 목표였다. 하던 일도 멈추고 오직 공부만 했다.

그런데 돈이 너무 많이 들어갔다. '고득점 기적의 특강' 문제집과 특강비가 진짜 비쌌다. 그래도 반드시 붙어야 하기에 간절한 마음으로 했다. 족집게 과외라며 속성 과외 수업, 주말 특강, 기본 학원 수업까지 하면서 6개월 안에 수업해서 합격을 해야 한다고 결단하고 했다. 그런데 집에 가서 예습 복습하느라고 책을 가지고 다녔더니만, 팔뚝에 엘보우가 왔다. 얼마나 통증이 심한지 모른다. 중학교 검정고시 때는 오십견이 왔는데. 고등학교 검정고시 때는 엘보우가 와서 엄청난 통증에다 짜증이 나기도 했다. 공부도 때가 있나 보다라고 생각했다.

그러다 시험 보는 날이 다가왔다. 전날 꿈에 첫 시간 국어 시험을 보고 있는데 시간이 끝났다고 남자 감독관이 나하고 또 만학도 여학생 시험지를 빼앗았다. 꿈에라도 기분 더러웠다. 어쨌든 이튿날 시험장으로 갔다. 어찌나 문제가 쉬운지 100점 맞을 것 같은 예감에 국어는 지문이 많은 문제를 꼼꼼히 읽고 문제는 다 풀고 OMR 카드에 옮기는데, 남자 감독관이 시간 다 되었다고 훅 하고 빼앗아 가버렸다. 나는 그 순간 대성통곡하고 울었다. 어떻게 이 시간을 준비하고 기다려 왔는데.

2교시 수학 시간에 눈물이 앞을 가려 글씨가 잘 안 보인다. 가뜩이나 어려운 수학 문제. 모르겠으면 선생님이 알려준 대로 찍었다. 억울해서 계속 눈물이 났지만 뚝 그치고 옆에 수험생들에게 피해줄까 봐 그 시간부터 마음 비우고 포기했다. 다음 시간 영어 시간에 생각보다 아는 문제가 나와 만족스럽게 풀고 나왔다. 과학, 역사, 사회, 도덕 모두 좀 어렵지만 나름대로 만족했다.

한 달 후 점수가 나오는 날에, 나는 혹시나 하는 마음에 인터넷으로 확인해봤다. 역시 불합격이다. 첫 시간에 국어 수학을 망쳤는데 합격을 바라는 것은 어불성설이다. 그래도 높은 점수도 있어 감사했다. 어쨌든 대학을 가려면 검정고시 합격증이 있어야 하기에 포기하지 않고 2년 후, 63세에 다시 도전했다. 이때는 인터넷 강의 신청해서 낮에 일하고, 저녁에 공부하고 빼먹지 않고 집중하였다. 아무리 나이 먹고 머리가 나빠도 빼먹지 않고 하니 콩나물에 물 주면 물 빠지듯 물은 빠져버리지만, 콩나물은 자라듯이 몇 달간에 잠 덜자고 집중하여 시험 보는 날 또 마음 비우고 참석했다. 떨어지면 다음에 또 도전하지 뭐, 그렇게 마음 비우고 시험장에 도착했다. 시험장에 앉아 준비하는데 세상 평안했다. 합격이면 다행이고 떨어지면 다시 본다는 마음으로 시험지 받고 준비 종을 기다렸다. 끝까지 시간 활용하여 최선을 다했다. 확실히 지난번보다는 공부를 해서 그런지 좀 쉬웠다. 지난번 점수 잘 나온 것은 빼고 점수가 부족한 것만 신청해서 또 공부하기도 수월했다. 국어, 수학, 한국사 세 과목만 시간도 없는데 공부하니 부담도 덜 가고 편안했다. 시험은 쉽게 풀고 일찍 나왔다.

한 달 후에 역시 인터넷으로 검색한 결과 '합격'이다. 감사했다. 정확한 점수를 알려면 교육청으로 가야 하기에 바로 달려가봤다. 역시 예상보다 높은 점수가 나와서 아주 감사했다. 65세에 대학을 가보려고 목표를 가지고 계획을 세우고 준비하는 중에 유튜브에서 김도사님을 만났다. 성공해서 책을 쓰는 것이 아니고 책을 써야 성공할 수 있다기에 내가 대학을 나온들, 모든 사람에게 대단하다는 말밖에는 더 듣겠는가.

역시 부자가 되기는 어렵다고 생각해서 대학 공부를 접었다. 김도사님 말이 어쩜 맞을 수도 있다고 생각했다. 그런데 내가 책을 쓸 수 있을까. 생각해보면 대학에 가서 공부하는 것도 대단히 어렵다. 어쩌면 책 쓰기가 더 쉬울 수 있다고 생각하니 안심이 됐다. 목차도 만들어주고 책 쓰기도 잘 가르쳐준다고 한다. 대학에서는 해야 할 것을 누가 해주지 않는다. 책 쓰기 시작하면서 나는 중·고등 검정고시보다 더 재미있고 행복했다. 책 쓰기로 나의 인생이 바뀐다고 생각하니 더욱 행복하고 자부심으로 자존감이 불끈해졌다. 결혼해서 32가지 직업을 가져봤지만 여전히 그때마다 의식주를 해결하기에 바빴다. 성공하기 위해 부자가 되려고, 있어 보이려고 독서도 열심히 해봤지만 성과는 없었다. 지금 내 인생 제 2막을 준비하면서 책 쓰기를 한 나에게 칭찬해주고 싶다.

지난날의 나는 벼랑 끝에서 떨어지지 않으려고 몸부림치며 살았다. 포기하지 않고 살아서 그 삶이 지금의 나의 가치로 탈바꿈할 수 있게 하고 그 삶으로 아마도 내가 대학을 갔더라면 이렇게 재미있게 공부하지는 못했을 것 같다.

책 쓰기 수업은 참으로 재미있고 의식 수업으로 연장되는 상상초월 수업이다. 이렇게 행복할 수가 없다. 우선 책을 많이 보게 되고 책을 봄으로 바로 수업과 연결이 되는 콘텐츠로 공부를 하니 더욱 신난다.

2

재미있는 일 하나 없다고 지루하게 살지 마라

처음 요양보호사 자격증을 따서 멀리 지방으로 갔다. 과연 내가 잘 버텨낼 수 있을까. 힘든데 가까우면 금방 포기해 버릴까 봐서였다. 나는 비위도 약하고 남편이 전날 술 먹고 토하면 아무리 해보려 해도 절대 치울 수가 없었다. 그런 사람이 남의 대소변을 어떻게 해결할 수가 있을까 염려스러우면서 배정 받은 방 301호로 가니 다섯 분의 아버님이 계셨다.

88세 한태수 아버님은 동네 통반장을 하시다 넘어져 고관절 수술을 받고 입원하신 분이다. 밤새 아들만 찾고 잠을 못 주무신다. 반복적으로 매일 밤낮이 바뀌어 산다. 다른 사람도 힘들다. 그래도 시간이 지나면 좀 나아지지 않을까 생각했다. 밤새 아들 부르다가 새벽녘에 살짝 잠이 든다. 단체방이라 같은 시간에 잠을 자고, 같은 시간에 식사를 하고 약도 드셔야 하는데 도무지 비협조적이다. 일단 일어나 앉히고 휠체어 태워서 흐르는 물로 손과 발을 닦고 세수를 하게 한다. 전날 잠을 못 잤다고 낮에 늦게까지 잔다면 매일 반복적으로 습관이 되기 쉽다.

이렇게 며칠을 긍정적인 습관으로 시도해본 결과 한태수 아버님은 놀라운 결과를 보였다. 초저녁부터 깊은 잠을 자기 때문에 아들도 찾지 않고 아침에 일찍 일어나 재활치료도 열심히 하고 요양병원 스케줄에 잘 협조하며 따라오신다. 일주일에 한 번 단체 목욕을 하지만 늦잠 자는 분들은 그냥 두는 것이 아니고 잠을 깨워 활동하게 하고 밤에 잘 주무시도록 해야 한다. 건강한 사람도 늦게 자고 늦게 일어나면 습관이 되어 건강도 물론 안 좋고 생활리듬이 깨져버린다.

한태수 아버님은 어느 날 한밤중에 침실에서 없어졌다. 확인한 시간이 새벽 4시였다. 입구는 잠궈놨기에 밖에는 못 나가고 어디로 가셨는지 이 방 저 방 다 찾아도 없다. 난감했다. 참고로 한태수 아버님은 휠체어 안 타면 위험하다 넘어질 수도 있다. 빨리 걸을 수도 없다. 담당 간병사인 나는 환장할 지경이었다. 제대로 걷지도 못하는 분이 하늘로 솟았나 땅으로 꺼졌나. 지금도 그때 생각을 하면 끔찍하다. 다시 이쪽 끝방부터 저쪽 끝방까지 샅샅이 찾아봤다. 참고로 이쪽 끝과 저쪽 끝은 150m 정도 된다. 꽤 먼 거리인데 혼자는 절대 한 발도 어렵다. 그런데 맨 끝방, 끝침대에서 누워 주무시고 계셨다.

"세상에 아버님, 우리가 얼마나 놀라서 찾았는지 몰라요? 어떻게 여기로 오셨어요?"

"그냥 걸어왔지."

"혼자 걸을 수 있어요? 근데 301호에서 안 주무시고."

"아니 그 옆에 환자가 코를 심하게 골아서 시끄러워 잘 수가 없어서."

"헐~ 당신께서 소리 질러 아들 밤새 찾을 때는 언제고 지금 옆에 환자가 코 곤다고 시끄럽다고 하시는 거요? 어쨌든 우리 방으로 갑시다. 일어났으면 절 깨우시지."

"너무 피곤해하며 자길래 못 깨웠지."

"아니에요. 혼자 가시다 넘어지면 어쩌게요."

나는 정신이 번쩍 든다. 넘어졌더라면 순간 아찔했다. 아버님은 건강했을 때 있었던 일들을 말해준다. 아버님은 동네 이장을 20년 동안 했다고 한다.

"이장을 20년 하셨어요? 와우 대단하시다."

당신네 동네에서는 꽤 높은 지위라고 자랑을 하신다. 얼마 전까지만 해도 노인회장까지 하셨다고 뿌듯한 자랑을 그 새벽에 하신다. 다 들어 주니 말이다. 육남매 자녀 훌륭히 잘 키웠다고 자랑을 한참 하신다. 큰아들은 주식회사 사장이고 작은아들은 병원장이라고 어깨가 으쓱하며 자랑하신다. 이렇게 말씀하시니 뇌신경은 정상인 듯하다.

"와우, 대단하시네요."
"근데 아버님, 혼자 걷는 것 처음 봐요. 괜찮아요?"
"응. 좋아."

고관절 수술해서 입원한 지 3개월이 넘었다. 어찌 이런 일이 있단 말인가. 순간 열심히 케어한 결과인 듯하여 뿌듯했다. 아침에 원장님 회진에 어제 있었던 일들을 말씀드렸다. 세상에 기적이 일어났다고 격려와 칭찬을 해주셨지만 염려도 하셨다. 또 넘어지지 않도록 조심하라고 말이다. 힘들 거라고 비위가 약해서 못 할 거라고 생각했지만 할 수 있었다.

피하지 못하면 즐기라는 말을 이럴 때 쓰는 말인가 보다. 나는 이 말을 좋아한다. 나에게 적용해서 한계를 뛰어넘는 경험을 한 적이 있다. 나는 꿈이 간호사였다. 간호대학을 못 가서 간호사는 못 되어도 간병하는 일 또한 전문직이라고 긍정적으로 생각하며 자부심을 가지고 한다. 한태수 아버님은 이제 휠체어는 안 타고 다른 환자 휠체어 밀고 도와주며 물리치료, 재활치료로 활발하게 다니신다. 한태수 아버님은 집에 가고 싶다고 한다. 외롭고 가족이 보고 싶으신가 보다. 어찌 그 마음 모르겠는가.

"우리 할멈은 한 번도 안 오네."
"어머님 보고 싶으세요?"
"보고 싶다기보다 우째 안 온다고."

지금까지는 전혀 그런 소리 안 하셨는데 이제 외롭고, 가족이 그리우신지 자꾸 가족을 기다린다. 김 노인도 궁금하고 박 노인도 어떻게 하고 있는지 궁금하시다고 입구와 창가를 자주 바라본다. 애타게 기다리는 것이다. 외로움이 장기간 계속되면 우울증으로 가기가 쉽다고 한다. 나의 경험상 어찌 보면 아버님은 마음이 단단해져야 하는데 어린아이 같은 마음이다. 고관절 수술을 해서 회복은 하셨지만 마음이 단단해져야 한다. 마음이 단단하려면 가족들이 함께하면서 가족과 자주 소통하면서 자녀들이 얼마나 바쁜지 얼마나 힘든지, 나름대로 좀 느껴야 마음이 조금씩 단단해질 수 있다.

사람이 긍정만 가지고 살아도 너무 부족하다. 한마디로 바쁘다. 그런데 부정까지 함께하면 정상까지 가려면 무거워서 허리도 아프고 마음과 가슴이 너무 아파서 병원도 들리고 약국도 가야 할 것이다. 그러다 보면 목표 달성까지 점점 멀어진다. 부정은 처음부터 아는 척도 하지 말아야 한다. 한태수 아버님은 자녀들 오면 함께 가도 된다고 말 좀 해주라고 부탁한다.

"아버님. 그것은 제가 하는 것이 아니고 원장님과 보호자가 상담해서 결정하는 것이에요. 그렇게 집에 가고 싶으세요?"

"그럼. 노인정에도 가야 하고, 김 노인한테도 가야 하고 김 노인은 병원에 입원해 있다가 퇴원했는지 가봐야 해. 박 노인도 딸 집에 갔는데 왔는지 궁금하고 해서 가봐야 해."

한태수 아버님은 이장과 노인회장직을 오랫동안 하신 생활 습관이 요양병원에서도 나오는지 동네 살림 다 하고 계신다. 혼자 사는 과수댁도 별일 없는지 가봐야 한다고…, 할아버지와 손자가 어렵게 사는 진영이네도 가봐야 한단다. 아버님 이야기를 듣다 보면 건강했을 때 이장으로 헌신하며 사셨던 것 같다. 6남매 자녀가 간호사한테, 원장님한테 전화로 소식만 물어보고 찾아오지는 않고 아버님은 목 빠지게 기다리기만 한다. 물론 사업에, 직장에 바쁘겠지만 아버지가 얼마나 좋아졌는지 나는 보여주고 싶은데, 오지를 않는다. 물론 약도 잘 먹어야 하며 운동도 하지만 가장 가까운 사람이 보살피는 것이 회복하는 데 큰 비중을 차지하는 듯하다. 아무래도 더 많이 보살피게 된다. 환자가 빠르게 회복하는 데는 가족의 정성어린 보살핌이 아주 중요하다고 생각한다.

옆 침실에 새로 뇌출혈 환자가 수술 끝나고 입원했다. 뇌출혈 환자는 젊은 사람이다. 태수 아버님은 환자 옆에 가서 어쩌다 그렇게 된 거냐, 왜 그렇게 된 거냐, 오만 참견 다 한다.

결론은 완전 좋아졌고 살 만하다는 말이다. 보호자 입장에서는 집에 가면 아직은 안전하다고 믿을 수 없고 집에 가면 한 사람이 붙어 있어야 한다고 생각하기에 자신 있게 안 모셔 가나 보다. 그렇다고 저렇게 집에 가고 싶고, 보고 싶고, 동네 생활 또한 궁금한데 계속 요양병원에 있어야 하는 태수 아버님이 안타깝다.

나는 태수 아버님께서 퇴원해 집에 가서 방문요양사를 요청하여 남은 삶을 집에서 지내는 것이 좋겠다고 생각했다. 반평생 봉사하시며 살아 오신 기억을 더듬으며 다시 병원에 입원할망정 혼자 사는 과수댁 생활의 어려움도 챙겨주고, 김 노인, 박 노인을 뵈러 가보시게 하는 것이 바람직하지 않을까 생각했다.

아버님은 나에게 자꾸 아들 오면 아버지가 다 나았다고 집에 가도 된다고 말해주라고 하신다. 다음 날 보호자가 왔다. 보호자가 아버님한테

"아버지 좋아져서 감사해요." 한다.

내가 말했다.

"보호자님, 아버님이 한시적으로 잠깐 건강해지셨을 때 가족과 함께 여행이라도, 아니면 2-3일 정도 외출하여 집에라도 갔다 오면 어떨까 하고 권장합니다. 아버님은 내일보다 오늘이 그래도 건강한 편이라 생각해요. 처음에 왔을 때보다는 엄청 좋아졌지만 언젠가는 또 나빠질 수 있어요. 제가 있을 때 다녀오세요. 다른 가족과 상의해서. 아버지의 소원입니다. 저의 부탁이기도 하고요. 보호자님. 나가시면 또 골절될 수 있습니다. 반드시 손 잡고 아니면 지팡이 잡고 다니게 하세요."

다음 날 진짜로 가족이 태수 아버님을 모시러 왔다.

"태수 아버님, 자녀들하고 여행 갔다가 사진도 찍고 맛있는 것 많이 드시고 오세요. 보호자님, 참고로 떡 종류는 드리지 마세요. 노인들은 좋아하지만 드시기 위험해요. 치아가 부실하니까 떡이 찰지니까 절대 위험해요. 단단히 준비하고 약도 챙기세요. 아버님, 제가 잘 부탁했지요? 가시면 넘어지지 않도록 각별히 조심하시고 넘어지면 또 와야 되요. 그러니까 운동하고 지팡이 꼭 잡고 천천히 다니시고 박 노인 집에 갔다 오시고 경로당 잘 있나 확인하시고 김 노인도 퇴원했나 잘 보세요."

아이처럼 좋아하신다. 태수 아버님이 나한테 눈을 꾸벅꾸벅하신다. 뇌신경은 치매하고는 다른가보다. 옆 침대 아버님도 집에 가고 싶으신지 표정이 매우 슬프다. 분명 저분은 치매인데 다른 분이 집으로 간다고 하니 가고 싶으신가. 아니면 자녀들이 보고 싶어서인지 아버님은 치매이기도 하고 걷지도 못하고 위험해서 어렵다. 마음이 아프다.

3

언젠가는 영영 오지 않을 수 있다

62세의 파키슨 환자다. 아직 젊은 나이인 듯한데 파키슨 병이라니 좀 안타까웠다. 남편 직장 다니고 딸 둘인데 큰딸은 자영업하고, 작은딸은 대학병원 의사라고 한다. 아침을 8시에 드시고 스트레칭 운동 30분 정도 하고 잠 한숨 자고 TV 좀 보다가 점심 먹는다. 점심 먹고 3시쯤이면 방문 마사지하러 온다. 한 시간 정도 하고 돌아간다. TV 보다가 저녁 먹고 7시 정도면 목욕을 매일 이와 같은 방법으로 케어를 하였다. 전에는 어떻게 했는지 몰라도 지금은 덜 피곤하다고 한다.

우선 밥은 못 드시니까 죽으로 신선한 야채와 고기를 골고루 다져서 죽을 맛있게 끓여 매일 이것 저것 바꾸어 드시게 한다. 종합비타민도 함께 챙겨준다. 남편과 딸들이 있어도 보호자 역할은 친정 동생이 도맡아 했다. 모든 것을 다 했다고 한다. 파킨슨 환자는 병원 가는 날에도 시간 맞추어 가려면 서둘러 나와야 엘레베이터에 남편과 함께 탈 수 있다. 환자 남편은 옆집 남편처럼 벽을 보고 있고, 환자는 휠체어타고 서로가 말한마디하지 않고 각자가 그냥 내린다. 어찌 남도 아니고 한 집에서 30년을 살아왔는데 어떻게 이럴 수가 있단 말인가. 30년을 공무원으로 직장생활하며 가족에 헌신하고 살았는데 늙고 병들었다고 대놓고 무시하는 것인지 무관심인지 결혼해서 말년에 이렇게 산다면 어느 누가 결혼하고 싶단 말인가. 몇 달 있는 동안도 딸들도 한 번도 찾아오지 않는다.

어머니가 어눌한 말소리로 딸들 보고 싶다고 말하는 것 같다. 작은딸은 결혼했는데 아직 사위 얼굴도 한 번도 못 봤다고 한다. 파킨슨병이라고 해서 알리지도 않았다고 한다. 무슨 죄를 지은 것도 아닌데 자식과 남편한테 이러한 서러움을 당할 일이 있겠는가.

나는 생각해봤다. 결혼식 끝나고 한 번은 인사하러 와야 한다고 말이다. 친정엄마가 되어 딸 시집 보내는 서운함, 백년손님 사위 맞이하는 설렘 그러한 행복을 전혀 느껴보지 못했다면 얼마나 안타까운 일인가. 그 마음을 헤아려드려야 하는 것 아닌가 말이다. 딸을 향한 애절한 그리움이 얼마나 안타까운지, 어머님은 딸 생각하면서 울고 있었다.

"어머님, 어떤 사위인지 보고 싶지요?"

"응. 너무 보고 싶어."

첫 사위인데 얼마나 보고 싶을까 파키슨은 알츠하이머 치매와 달리 뇌 신경 세포손실로 떨리고 경직되고 하지만 기억력은 별 문제가 없는 듯하다. 정신은 문제가 없다. 한마디로 멀쩡하다. 언어가 좀 부자연스럽지만 입 모양으로 잘 하면 소통하는 데는 문제가 없다.

"어머님. 내가 믿는 예수님께 기도하면 좋아질 수 있다고 믿어보세요."

"안 믿어져."

"그렇게 믿어보면 분명히 어머님 좀 편안해질지 모르는데."

보호자 남편이 퇴근하고 들어오면서 "요양보호사님은 밖에 좀 나가 계세요." 하더니 5분 정도 지났는데 큰 소리가 나면서 발로 침대를 차는 소리가 탕탕 하고 났다. 문 앞에 서 있다가 문 열고 들어갔다.

"아니, 이게 뭐 하는 겁니까? 지금 환자한테 한 행위는 위협하는 것이고 폭행입니다. 말도 제대로 못 하고 본인이 할 수 있는 일은 아무것도 없는 환자한테 어떻게 이런 협박과 위협을 할 수 있어요?"

"우리 부부 일입니다. 요양보호사는 간병일이나 하세요."

"무슨 소리예요? 간병인이라 해도 때에 따라서는 환자의 대변인도 할 수 있습니다. 환자의 신변처리만 하라는 간병인 줄 알아요? 그냥 조근조근 말만 했다면 나도 참견하지 않습니다. 이것은 완전 폭행입니다. 중증 환자한테 환자가 누워 있는 침대를 발로 차는 겁니까? 그것도 한 번도 아니고 몇 번씩. 한 번만 더 하면 신고할 겁니다. 나는요, 환자가 힘들까 전전긍긍하면서 보살피는데 이와 같은 스트레스로 며칠 밤잠을 못 잡니다. 아휴, 열 받아. 나는 바라보기만 해도 불쌍해서 견딜 수가 없는데 지금 이런 환자가 일방적으로 위협을 당하는데…. 환자가 대항할 수 있어요? 환자 안전을 위해서 제가 간병인이지만 그냥 바라만 볼 수 없습니다. 이러면 환자가 밤에 잠을 못 잡니다. 이런 중증 환자를 도와주지 못할망정 위협으로 협박을 하다니요."

환자의 언니가 여동생이 처음 파키슨 진단 받았을 때, 직장을 그만두고 모든 것을 전적으로 해주었다고 한다. 지금까지 몇년 동안 병원 갈 때 운전해주는 것이 고마워서 현금을 줬다고 한다. 그걸 알고 보호자 남편이 처제 돈 얼마 주고 얼마 남았냐고 물어보는 것이다. 없다고 하니까 발로 침대를 뻥뻥 차고 위협을 한 것이다. 어머님 하는 말은 본인이 공무원 30년 퇴직해서 연금으로 나오는 돈으로 병원비 내고 남편은 병원비 한번을 안 준다고 한다. 간병비도 본인이 주는 것이라고 하면서 서러워서 울고 있다.

"그러니까 예수님한테 위로받고 살자고요. 하하."

"안 믿어져."

"그냥 믿어봐 좀. 예수님 하늘에 계신다고 믿어?"

"응."

"그 예수님이 내 안에 계신다고 믿어봐. 하늘에 계시지만 여기도 계셔
요. 안 믿어지면 할 수 없지. 믿어질 때가 있겠지."

내가 간병한 지 7개월 되었을 때 일이다. 종합병원에 근무하는 환자의
작은딸이 왔다. 작은딸은 내과 의사다. 엄마가 체위 변경 좀 해주라고 몸
부림을 치면서 끙끙 거려도 엄마 앞에서 팔짱 끼고 서 있기만 하고, 매
30분마다 자세를 바꿔줘야 하는데 내가 저녁을 준비하느라고 도와달라
고 해도 딸이 있으니까 그냥 뒀는데 계속 고통스러운 소리를 하는 것이
다. 너무 고통스러운 것 같아서 들어가봤더니 의사인 딸이 팔짱 끼고서
자세 좀 바꿔주라고 사정하는 엄마한테 하는 말이 "엄마, 내가 몇달 만에
엄마 보러 왔는데 그동안만이라도 좀 참을 수 없어?"였다.

"지금 무슨 소리예요. 오랜만에 왔으면 엄마가 얼마나 아픈지 얼마나
불편한지 살펴볼 줄 몰라요? 세상에 집에 중증 환자가 있는데 남이 아닌

엄마에요. 잠깐 그것도 살필 줄 모르는 사람이 어떤 환자를 치료한다는 겁니까? 지금 누구 때문에 의사가 된 겁니까? 내가 듣기로는 딸 의사 만드는데 돈도 많이 들고 엄청 힘들었다고 하던데, 의사라면 환자가 얼마나 아프고 괴로운가를 보살필 줄 알아야지, 아무리 의사를 책으로 배웠다지만 환자를 보살피는 마인드는 책에서 안 가르쳐주던가요? 이런 의사 자식 같으면 어떤 부모가 엄청난 돈 들여 의사 만들겠어요? 오랜만에 왔으니까 지금 엄마가 도움을 요청을 하는데 모른 척하고."

　나는 의사 딸이 팔짱 끼고서 오랜만에 딸이 왔으니 좀 참으라는 말에 화가 치밀어 올라 딸에게 소리기르며 말했다. 아버지도 아무 말도 안 한다. 아픈 엄마는 관심도 없고 엄마가 가지고 있는 그 돈이 얼마나 있는지 알아보려고 온 듯하다.

　그것은 아버지가 시킨 일이다. 어쩜 엄마보다 아내보다 돈이 우선일 수가 있단 말인가. 딸은 그렇게 가 버렸다. 남편과 딸이 나간 뒤 어머님은 나의 눈을 바라보고 할 말 있는 듯하더니 울기부터 한다.

"너무 억울하지."
"응."

남편 박봉에 본인은 공무원 월급에 너무 힘들게 의사 만들었다고 한다. 그러면서 또 운다. 어머님은 무슨 말이 하고 싶은지 입 모양이 오물오물 한다. 내가 하고 싶은 말을 대신 다 해주니 고맙다고. 몇달 동안 24시간 같이 있다 보면 입 모양을 통해서 정확히는 아니라도 90%는 알 수 있다. 그리고 이 정도라면 어머니가 무슨 말을 하고 싶은지 파악할 수 있을 듯하다. 의사 뒷바라지하느라고 백화점 옷 한번 못 입어봤다고 한다. 그렇게 가르쳐 놓으면 뭐해? 아픈 엄마 마음 헤아리지도 못하고. 나는 분명히 말할 수 있다.

어머니한테 이제 뭔가 해줘보려고 뒤늦게 생각한다면 영원히 오지 않을 수 있다. 그 자녀도 자식을 낳고 보면 분명히 어머니 생각할 수 있다. 그 자녀가 분명 후회할 날이 올 것이다. 그때는 기회가 없다.

박봉에다 본인 공무원 월급에 의사 만들고, 재테크도 지혜롭게 해서 현금 좀 모았다고 한다. 며칠 지나 또 보호자인 남편이 어머님한테 살살 꼬시듯 말한다. "여보 돈 얼마 가지고있어?" "업쩌. 업쩌."
보호자는 이렇게 말한다. "그냥 알고만 있으려고. 우리는 부부잖아. 부부인데 서로 알아야 하잖아." 환자가 없다고 하니 그날은 그냥 나갔다. 언젠가 위협하며 또 올 것이다. 내가 살짝 물었다. "나에게만 살짝 말해봐요. 응?" 그랬더니 5억이 있다고 한다.

지독한 구두쇠였다고 한다. 다행히 주식 재테크를 잘해서 목돈을 모았다고 하는데 그 돈 써보지도 못하고 아파서 억울하다고 한다. 돈이 있을 것이라는 촉을 느낀 보호자 남편은 계속적으로 추궁을 하고 있다. 결혼해서 지금까지 생활비 200만 원씩밖에 안 준다고 언젠가부터 사업을 해서 돈을 잘 버는데 애들 대학 의대 가서 돈이 엄청 들어가는데 힘들어 죽는 줄 알았다고 한다. 공무원 대출 받아 의대 보냈다고 한다. 결혼하고 친정에도 10년 넘게 못 갔다고 하면서 눈물이 글썽글썽한다. 죽기 전에는 그 돈 남편한테는 절대 안 준다고 생각한 듯하다. 이렇게 생각하는 것을 보면 파킨슨병은 기억을 잃는 치매와는 다른 듯하다.

나는 어머님이 가장 행복했던 때가 언제인지 생각하다가 어머님께 물어봤다.

"행복했던 기억이 없어. 결혼해서도 시댁 식구들하고 함께 살면서 친정도 못 가고 육아하면서 직장 다니기도 힘들고 제대로 여행 한번 못하고 살고. 이제 여행이라도 다녀보고 돈 좀 써보려 했는데 병이 왔어."

엉엉엉 울고 있다. 누가 이 어머님을 잘 살았다고 말할 수 있을까. 후회 없는 삶을 위해서 이런 일을 최소한으로 줄여야 하지 않겠는가. 아파서 못하게 되면 아쉬움과 후회가 작든 크든 조금씩 남아 있다.

4

희망을 저축하지 않으면 돈이 있어도 불행하다

노환으로 요양병원에 입원한 김호철 님이 있다. 호철 님은 고위 공무원이었는데 다른 요양병원에서 쫓겨 왔다고 한다. 무엇 때문에 쫓겨 왔는지 알아야 했다. 보호자는 나에게 아버지가 간병 여사님을 손가락을 꺾는다고 하며 나에게 손을 조심하라고 한다. 짐을 정리해놓고 보호자는 가버렸다. 나는 호철 님에게 다가가 "안녕하세요." 했더니 눈을 위로 뜨고 바라만 보고 있다. 초면에 이 정도면 됐고 주무시게 했다. 저녁 식사를 해야 해서 조심스럽게 살짝 불러봤다. "호철 님, 저녁 식사 시간입니다." 미리 식단을 파악하고 "오늘 저녁 메뉴는 감자 넣고 아욱국 끓였는데 엄청 맛있고 두부조림을 말랑말랑하게 아주 맛있게 했더라고요."

미리 저녁 식단을 기대하도록 말했다. 호철 님에게 다가가는 나의 작전이다. 밥을 맛있게 먹고 나면 뭐 어떻게 하겠는가. 나의 손가락 안전하려면 식사를 맛있게 드시도록 하는 것이 나의 작전이다. 호철 님 마음의 문을 두드려야 했다. 이렇게 환자의 닫힌 마음의 문을 나만의 방법으로 여는 수단이다. 저녁 식사는 예상대로 아욱국에다 두부조림, 나물 반찬이 나왔다. 맛있다고 내가 먼저 선수를 치고 바람잡이 역할을 했다. 몇 숟가락 드셨다면 칭찬과 리액션을 하면서 정신을 쏙 빼는 바람에 밥 한 공기 얼떨결에 다 드셨다. 아주 통쾌했다. 아주 뿌듯했다. 내가 나 스스로 대견했다. 전에 병원에서는 맨 사고만 쳤다고 한다. 생각해보면 분명 이유가 있을 것이라고 생각했다.

보호자가 말해주고 간 것이 나에게는 중요하고 많은 참고가 된 것이다. 호철 님은 전직 고위 경찰공무원이었다고 한다. 우울증으로 인해서 조기퇴직하고 꼼짝하지 않고 집에서 있다가 밥도 안 먹고 운동도 안 하고 하니 폐인이 되어 본인 스스로 결단하고 판단할 수 있는 것이 아무것도 없다. 아예 바보가 된 것이다. 정신과 병원에 입원해야 할 것 같은데 본인이 경찰이라는 이유로 정신병원은 절대 못 간다고 했단다. 거기 보내면 죽어버린다고. 도시에 있는 요양병원은 열 군데 이상 갔다가 마음에 안 들어 그냥 나오고 마음에 들면 요양보호사와 싸우고 쫓겨나고 했단다. 나 또한 긴장하면서 조심스럽게 저녁 식사 메뉴로 마음 문을 두드렸다. 예상 외로 쉽게 열어줬다. 좀 쫄면서 걱정했는데 이제 걱정 없는 듯하다.

한 번 열기가 어렵지 두 번째는 쉽다. 뭐든지 301호 방에서는 우선순위로 챙겨주었다. 그 방에서 제일 어른으로 인정해주는 듯 식사 끝나고 "양치질 제가 도와드려요? 직접 하시겠어요?" 물으면 직접 하신다고 해서 세면도구를 자리로 갖다주었다. 집에서는 꼼짝도 안 했다고 하고 다른 병원에서는 명령조로 시키니까 불만인 듯했다. 나는 모든 것을 "하시겠어요?", "어떻게 할까요?", "좀 도와주시겠어요?" 하고 도와주면 큰 리액션으로 칭찬하곤 했다. 호철 님이 경찰간부였다고 하니 누가 경찰간부한테 명령하고 시키겠는가. 경찰이니까 거기서부터 케어를 들어간다고 생각하면 된다.

며칠 동안 호철 님은 침상에서 꼼짝도 안 했는데 그날은 단체로 목욕하는 날이다. 옆에 환자들부터 먼저 시켜놓고 목욕 안 하면 똥 냄새 난다고, 더럽다고 하면서 호철 님 눈치를 살펴봤다. 다섯 분 다 했다. 하신 분들께 "개운하시지요? 따뜻한 물 잘 나오지요?" 하며 목욕 호기심을 유발했다.

"따뜻한 물 잘 나온대요. 아주 좋아요. 호철 님 목욕하시겠어요? 저 좀 도와주세요."

"어떻게 도와주는데."

"목욕탕에서 목욕하면서 도와주는 거요."

"알았어. 도와줄게."

"고마워요. 감사합니다. 고맙습니다."

호철 님은 일주일 만에 장족의 발전을 하였다. 나는 경찰이라는 직업으로 호일러의 법칙을 사용한 것이다. 경찰이라면 남에게 피해 주면 안 되고 국민의 안전을 확보하기 위해 일한다는 사명감이 있다. 그래서 내가 어렵다고 도움을 요청한다. 호철 님을 대하면서 도움을 요청하는 사람에게 손가락을 꺾거나 난폭하게 하지는 않을 거라고 생각했다. 호철 님은 바지에 오줌을 쌌다. 오줌이 나오는 느낌을 모르나 보다. 기저귀를 채워야 하는데 오줌을 쌌다는 이유로 자존심이 상한 듯하다. 어떻게 해야 할지 당황스럽다.

노인들은 물을 많이 안 드시기 때문에 냄새가 지독하다. 하지만 부정적인 말은 하면 절대 안 된다. "호철 님 기저귀 해야 합니다." 누워서 무슨 생각인지 바라만 보고 있다. 아직 허락한다는 싸인을 주지 않았기에 하면 안 된다. "오줌 마려우면 말씀하세요." 아마 한 시간 정도 지났는데 냄새가 나서 가 보니 옷에다 오줌을 쌌다. 나는 울화가 치미는데 꾹 참았다. 호철 님은 나를 시험하는 듯하다. 이렇게 되면 침상까지 다 갈아야 한다. 화가 나도 참아야 한다. 전에 간병인이 이렇게 할 때 아마도 짜증을 낸 듯하다. 정말 왕짜증난다. 호철 님과 나는 지금 신경전으로 밀당하고 있는 듯했다. 간호사와 상담하고 원장님까지 상담이 들어갔다. 호철 님한테 비뇨기과 약이 처방되었다.

저녁을 먹고 잘 시간에 "호철 님, 밤에는 기저귀를 하고 주무셔야 합니다." 쳐다만 보고 아무런 대꾸 하지 않는다. "아~, 아직 기저귀 사용할 준비가 안 됐구먼요." 사실 당장 기저귀는 사용해야 하는데 말이다. 아무래도 호철 님 자존심 상하지 않게 하는 것이 호철 님과 내가 신뢰를 쌓아 안전하게 함께 오래갈 수 있는 지름길이다. 초저녁에 소변을 볼 수 있나 살펴보았다. 10시 이후로 불을 끄고 3시에 한 번 모두 확인한다. 그때만 해도 아무 이상 없었다. 6시에 일어나 확인 결과 역시나 오줌을 쌌다. 침대 시트까지 다 바꿔야 한다.

너무 속상하고 짜증이 나서 눈물이 왈칵 쏟아졌다 아무 말 않고 티슈로 눈물을 닦으며 호철 님 눈치를 보았다. 멍하니 앉아 있다. 간호사에게 있는 그대로 말하고 호철 님에게 기저귀해야 한다고 말 좀 해보라고 부탁했다. "호철 님, 침대에다 오줌을 쌌네요. 이렇게 하면 요양사님 너무 힘들어요. 보세요. 요양사님 너무 힘들어서 울고 있네요." 나는 더 작전상 눈물 콧물 닦으며 더 힘든 표정을 지었다. 간호사는 나의 의도를 알아

차렸는지 "이렇게 협조하지 않으면 곤란합니다." 했다.

침대 시트 다 바꾸고 옷도 갈아 입히고 그때 호철 님과 눈을 맞추며 천천히 말했다. "호철 님, 저 좀 도와주세요. 기저귀를 사용하셔야 합니다." 내가 주도적으로 입혀드렸다. 내가 작전상 눈물 콧물 흘리던 것이 성공인가 다행히 잘 따라온다. 기저귀 채우기 성공이다. 협조해줘서 고맙다고 감사하다고 말했다. 한 가지씩 호철 님 익히기에 성공하는 것이 감사했다.

며칠 있다가 호철 님 보호자가 방문하였다.

손가락 한 번 아래로 꺾여봤냐고 묻는다. "아니요. 전혀요." 보호자는 걱정되어서 방문했다고 한다. 그동안 있었던 이야기 하나도 빠트리지 않고 모두 말해주었다. 보호자는 감격했다. 다른 데서는 일주일을 못 버티고 나왔다고 한다. 딸이 아버지에게 묻는다. "아버지, 여기 있을 만해요?" 다섯 번 물어보면 한 번 대답한다. "아버지, 여기 어때요?" 소리 확지르면서 괜찮다고 한다.

휠체어 타고 만남의 광장으로 나갔다가 한참 만에 301호 방으로 들어오셨다. 호철 님은 매우 기분 좋은 얼굴이다. 보호자 말은 밥이 맛있었다고 한다. 첫 식사를 잘할 수 있게 도와드렸던 이야기를 했더니만 요양사님이 지혜롭게 대처를 잘해주셨다고 칭찬 연발이다. 사람마다 환자마다 케어하는 방법이 다르다. 환자마다 병명이 다르고 성격이 다르다. 나이 드신 어르신들은 저마다 한 고집이 있다. 그런 것 또한 감안해야 한다고 생각한다. 있는 그대로 인정해주고, 못하는 것 해주면서 도와준다고 생각하면 된다. 무엇이든 스스로 하도록 기다려주고 도와달라고 하며 협조를 유도하는 것이다. 그럼 때에 따라 환자도 뿌듯함을 느끼고 요양사도 좀 수월하다.

호철 님이 현직에 있을 때 희망을 저축했더라면 어쩜 지금쯤이면 이렇게 불행하지는 않았을 것이다. 호철 님뿐만 아니라 현직에 있을 때 희망을 가지고 가치 있게 도전했다면, 지금이 이런 상황은 아니라고 본다. 누가 뭐래도, 아무리 바빠도 먹기 싫은 나이지만 그것도 먹어가면서 예쁘게, 멋지게, 자부심을 가지고 희망을 저축하면서 살아야 한다.

집도 30년 넘으면 리모델링해야 하듯이 사람도 40대가 넘으면 인생 리모델링해야 한다고 나는 생각한다. 초 절대 긍정마인드로 바꾸고 더 부지런해져야 하고 가치 있는 의식 확장 독서도 해야 한다. 반드시 해야 하는 이유는 살아오면서 부정적인 것, 아집, 자신만의 잘난 그것이 있는데 그것을 바꿔야 인생 2막을 살아가는 데 많은 도움이 된다. 지금까지 살아온 방식이 아니고 말이다. 싫어도 힘들어도 해야 한다. 또 일주일에 한두 번은 피부 마사지도 할 수 있으면 좋다. 뒤늦게 마사지 자주 한다고 갑자기 좋아지지 않는다. 꾸준히 피부 마사지함으로써 기왕이면 멋지게, 예쁘게 익어가는 것이 좋지 않을까 하고 생각한다.

나는 지금 64세인데, 지금도 일주일에 세 번 마사지를 한다. 두 번은 계란 마사지, 한 번은 오이 마사지로 집에서 한다. 홈쇼핑에서 팩으로도 한다. 어느 날 갑자기 형편이 좋아져서 피부관리 한들 너무 늦는다. 평소에 꾸준히 해줘야 피부가 늙지 않는다. 스타일은 좋아지면 그때 해도 되지만 한번 상한 피부는 재생이 어렵다. 계란 노른자, 밀가루 한 티스푼하면 딱 좋다.

호철 님은 제법 편안해졌고 재활운동하는 것도 자신감이 붙었다. 몇 주 만에 보호자가 왔기에 아버님 좋아지고 편안해 보이신다고 감사하다고 간식을 듬뿍 간호사와 함께 먹으라고 사왔다. "아버님이 좋아졌으니 하루 외출해서 아버지와 시간 좀 갖는 것이 좋을 듯한데요. 어쩜 마지막일 수도 있고요. 어떻게 생각하세요? 아마도 아버님 돌아가신 뒤에는 좋은 추억거리가 될 것이고 그렇지 못하면 안타까움만 남게 되겠지요? 가족들과 상의해서 다음 주에 준비해서 오세요. 내가 지금 여기 있을 때 하시는 것이 좋을 듯합니다. 왜냐하면 나처럼 목숨 걸고 요양보호사 하는 사람 흔하지 않습니다." 했더니 "알겠습니다." 하고 갔다. 다음 주에 진짜 일찍 차 두 대로 온 가족이 왔다. 바닷가로 갔다 온다고 아버지 편안한 복장으로 신발과 준비해서 왔다.

"진짜 왔네요."

"요양사님 말 믿고 정말 다음에 후회할까 봐서요."

"잘했어요. 다음에 아버지 안 계실 때 그때 내 말 하지 않을까 합니다."

5

고정관념이 진짜 늙기도 전에 노인이 되게 한다

55세, 민종숙 님. 교통사고 환자라고 도와달라고 해 아침 먹고 일찍 병원으로 달려갔다. 다리 골절로 12주 진단 나와 꼼짝도 못 한다. 어떤 상황이든 너무 아프다고 한다.

어떻게 하면 좋을지 암담하다. 나를 뭐 하러 불렀는지 안타까울 따름이다. 남편이 와서 재활운동은 좀 해야 한다고 걱정이 태산이다.

모든 존재는 어떠한 재능, 어떠한 능력을 가지고 태어났다고 한다. 그렇다면 나는 무엇을 가지고 태어났는가 고민해봤다. 나는 오지랖이 넓다고 생각한다. 나는 돕는 일에 열정을 쏟아붓는다. 우리 아들도 엄마를 닮아서인지 전에는 친구가 학교를 늦으면 그 애가 왜 늦게 오는지 다음 날 본인이 지각하면서까지 친구 집을 들렀다가 챙겨 함께 갔다고 한다. 집에 와서 아들이 하는 말에 나는 놀라지 않을 수 없었다. 그 친구는 엄마가 없고 형과 일용 근로자인 아빠하고 삼부자가 산다고 한다. 아빠는 일하고 밖에서 먹고 오고 형은 라면이라도 혼자 끓여 먹기도 하지만 친구는 있으면 먹고, 주면 먹고, 안 주면 굶는다고 한다. 친구가 영양실조로 빈혈이 생겼는데도 치료를 못해 만성빈혈로 횡단보도를 한 번에 못 건넌다며 아들은 너무 안타깝다고 한다.

"엄마, 나는 생각해보니까 내가 한쪽 부모가 있어야 할 팔자라면 아빠가 아닌 엄마가 있어 천만다행이라고 생각해. 그게 너무 감사해. 물론 아빠도 함께라면 좋겠지만 말이야."

사람에 따라 노래를 잘하기도 하고, 또 다른 이는 요리를 잘하기도 한다. 적어도 나라는 사람은 남을 돕는 일에 재능이 있고 아들도 엄마를 닮아 열정에 박차를 가한다.

나는 감히 말할 수 있다, 나의 앞에 있는 장애물은 결코 한 번에 바로 뛰어넘을 수 없었다. 충분히 숙성이 되어야 치워도 치울 수 있고, 넘어도 넘을 수 있었다. 생각해보면 그 장애물이 나에게는 많은 교훈과 깨달음을 주기도 했다. 그 장애물이 나의 소중한 경험과 좋은 추억은 아니지만 지금 보면 앞으로 제 2의 인생, 2막을 준비할 콘텐츠, 자료가 될 것이다.

"종숙 님, '아프다'를 '해야 한다 할 수 있다'라고 바꿔서 해봅시다. 아프죠? 아플 수 있습니다. 질병 환자보다 교통사고 환자는 아파도 오늘보다 내일이 더 회복되고 어제보다 오늘이 덜 아픕니다. 그래서 얼마나 재활 운동을 열심히 하느냐에 따라 회복이 달라집니다. 아프다는 생각 버리고 '해야 한다.' '할 수 있다.' 해보자고요."

2개월 동안 재활치료를 하였다. 두 달 동안 아프다, 힘들다 하더니만 두 달 지나니까 우선 생각이 밝아졌다. 물론 아프다고는 하지만 아프다는 엄살에서 '해야 한다. 할 수 있다.'로 바뀌었다는 것에 감사하다. 어려운 고비를 환자와 간병인이 인내로 협력하면 어려웠던 휠체어도 잘 타고 재활도 아주 잘하게 된다. 신께서 도와주려고 할 때 노력하지 않고 게으름 피운다면 누가 돕고 싶겠는가! 부모나 우주님도 같은 생각을 한다고 한다. 종숙 님은 못한다고, 힘들다고 하는 것을 할 수 있다는 자신감으로 바꾸면서 눈에 띄게 회복이 빨라졌다.

얼마나 감사한지 이럴 때 또한 간병인으로서 뿌듯하다. 보통 사람이 사고나 질병으로 입원했다면 쉽지 않겠지만 초 절대 긍정적으로 언행을 해야 한다. 사고 환자는 대부분 치료받고 퇴원 후 몇 달 뒤에 다시 입원하게 된다. 다는 아니지만 보통 그렇다. 먼저 마음이 약해져 있기도 하지만 자신감이 많이 상실되어 매사에 부정적이 된 탓이 크다.

"I am that I am." 나는 말한다. 해낼 수 있다고. 이루어낼 것이라고. 확신한다고.

사람은 지금 그 자리에서 벗어나려면 알에서 깨어 나오듯 그 고통을 견뎌내야 한다. 그냥 이루어지는 일은 절대 없다. 지금 나도 알에서 깨어 나가기 위해 몸서리치게 발버둥치는 데 쉽지 않다.

다시 태어나는 것은 원치 않는 의식의 상태를 내려놓은 후 세상에 표현하고 싶고 갖고 싶은 의식의 상태까지 솟아오르는 것이다.
– 네빌 고다드

생베 조각을 낡은 옷에 붙이는 자가 없나니 만일 그렇게 하면 기운 새 것이 낡은 그것을 당기어 해어짐이 더하게 되느니라 새 포도주를 낡은 가죽 부대에 넣는 자가 없나니 만일 그렇게 하면 새 포도주가 부대를 터뜨려 포도주와 부대를 버리게 되리라 오직 새 포도주는 새 부대에 넣느니라 하시니라(마가복음 2:21-22).

현재 고정관념을 완전히 버리고 새로운 의식으로 리모델링해야 한다고 나는 감히 말하고 싶다. 의식 확장을 반드시 이루어내야 한다. 사람들은 자신을 과대평가한다. 나는 부족해서, 나는 경험이 없어서라고 한다. 태어나면서부터 경험을 가지고 태어나는 사람은 없다. 해보지 않았기에, 경험이 없기에 도전하면서 엄청난 변화와 통쾌감도 맛볼 수 있다. 15년 동안 컴퓨터하고 담 쌓고 살았기에 사용하지 않던 것을 이번 64세 나이에 다시 사용하다 보니 손의 감각도 둔해지고 메일 보내는 것 또한 어렵다. 카카오톡 하는 것도 어렵고 전자결제와 계약하는 것 또한 제대로 못해 그때 그때 폰 들고 폰 매장으로 달려가고, 길 가는 젊은 사람이 있다면 들이대면서 도움을 청했다. 나의 자녀들도 도와줄 수 있지만 몇 시간을 가야 만날 수 있기에 너무 답답했지만 결국 포기하지 않고 끝까지 이루어내고, 하다가 또 막힌다 싶으면 '삶의 의문에 관한 100문 100답' 책을 반복적으로 읽고 또 읽었다.

『믿음으로 걸어라』, 『성공으로 가는 생각의 법칙』을 반복적으로 읽고 또 읽었다. 김도사가 추천해주는 도서는 많은 참고가 됐다. 어쩌면 내가 필요한 책을 정확히 알고 그 책을 구입하게 하시는지 그분에게 감동하지 않을 수 없다. 알에서 깨어 나오려면 그 과정이 상상을 초월한다. 고정관념에 갇혀 있었다면 남은 인생 역시 흙수저에서 벗어나지 못하고 알 속의 캄캄함에서 나오지 못했을 것이라고 나는 말할 수 있다.

비유로 말한다면 감나무에서 잘 익은 홍시가 있는데 아무리 먹고 싶어

몸부림쳐도 절대 따 먹을 수가 없다. 하지만 김도사님은 홍시를 따 먹도록 밑받침이나 보조의자를 받쳐준다. 그 잘 익은 홍시도 받침대 없이는 절대 따 먹을 수가 없다. 나는 그 받침대가 있었기에 알에서 깨어 나올 수 있었다. 김도사님은 한책협 대표이다. 100번을 말해도 부족한 감사, 다시 한번 감사를 드린다.

민종숙 님은 5개월 재활치료했는데 이제는 휠체어를 안 타도 될 정도로 회복이 되었다. 생각부터 할 수 있다로 바꾸면서 적극적으로 행동하니 회복이 빠른가보다. 통원치료하면서 반드시 들리는 데가 있었다. 전에는 생업을 위하여 가게를 했기에 1년에 한 번도 못 가본 서점을 매일 가기로 했다고 한다. 잃은 것이 있으면 찾는 것도 있어야 한다고. 사고로 수입은 줄었지만 책으로 보상을 받는다고 구매한다. 집에서도 보겠다며 결심이 대단하다. 매일 서점에 가는 변화는 무엇 때문이었을까. 부정적인 고정관념에서 할 수 있다는 긍정적인 마인드로 바꾼 때문인 듯하다.

네빌 고다드는 계속해서 하늘나라에 계신 아버지에 관해 언급한다. 예수는 자기가 품은 관념보다 더 위대한 관념을 담대히 품은 자는 그보다 더 위대한 일을 할 것이라고 했다. 지금까지 나에게 있던 문제는 모두 날려버리고 내가 가장 원하는 것에 포커스를 맞춰서 스스로에게 명령을 내린다. "나는 할 수 있다. 나는 회복할 수 있다. 나는 날마다 건강해지고 있다."라고 자신에게 명령한다.

그대는 운명의 피해자가 아닌 단지 그대 자신에 대한 믿음의 피해자임을 알아야 한다. 스스로 자신을 믿는 것이 부족하다는 것을 인정해야 한다. 나는 지금까지 어떤 상황과 역경 속에서도 포기한 적이 없다. 분명히 스스로 운명을 좌우할 수 있다고 나는 확신한다.

민종숙 님으로부터 오랜만에 전화가 와서 만났다. 우리는 함께 점심을 먹고 많은 이야기를 나누었다. 민종숙 님은 교통사고로 인해서 자신의 인생이 바뀌었다고 자랑하려고 만나자고 한 것이다. 이야기인즉슨, 방송통신대학에 입학했다고 한다.

"세상에. 참 잘했어요."

"간병 언니가 격려해주고 희망을 줘서 도전했던 것 같아요. 남편이 밥한 번 사라고 해서 언니 만나자고 한 겁니다."

"아무리 그래도 본인이 못 하면 못하지요. 본인이 해냈잖아요. 축하합니다. 무슨 과목으로 했어요?"

"내가 요리를 잘하니까 식품경영학과요. 지금까지는 주먹구구로 했다면 앞으로는 체인점도 내볼 생각이에요."

"진짜? 꿈이 대단하다. 잘 생각했어요."

"남편이 더 열심히 해요. 가게는 직원들이 하고."

종숙 씨는 나에게 자랑도 하지만 칭찬 듣고 싶어 만나자고 한 듯했다.

"내가 힘들다고, 아프다고 짜증을 내도 그것 다 받아주고 결국 재활치료 하도록 해주신 것에 대해 너무 감사해요."

"종숙 씨, 내가 한 것이 아니고 하나님께서 하신 거야."

"간병 언니가 기도하는 것은 알고 있었지만 내가 이렇게 변화될 줄 몰랐고 빨리 회복될 줄 몰랐지요."

"나는 기도할 때 이 환자가 날마다 회복될 것이라고 확신을 가지고 기도하면서 하나님이 살아 계시다는 증거를 보여달라고 기도해요."

"언니, 내가 전에 예수 믿을 때는 기도해도 안 들어주시더라고요."

"절대 의심하지 말고 믿고 기도하면서 기다려야지. 종숙이가 아프다고 못 한다고 할 때 아파도 재활치료 하면 아프지 않도록 도와주실 것을 나는 확신하는데 아프다고 엄살떨었잖아."

"진짜 아팠어요."

"아니라고 하면 덜 아프고 회복이 빠르게 될 것을 나는 확신하고 있었지. 그 믿음이 있기에 참고 있었지."

"아~, 언니가 그런 확실한 믿음이 있었구나."

"우리 집 근처에 큰 교회 있는데."

"있으면 뭘 해."

"가야지. 내가 장담하는데 예수 믿고 기도하게 되면 종숙 씨가 학교 공부하는 것도 매우 잘할 수 있지. 그 오묘한 하나님의 축복과 은혜를 경험해봐야 내 말이 무슨 말인지 알 수 있지. 똑같은 그릇에다 똥하고 된장하고 담아놓아 봐. 보기에는 잘 모른다고. 냄새를 맡아봐야 알지. 예수 믿고 은혜와 축복도 받아봐야 내가 하는 말을 무슨 말인지 정확히 알 수 있지요. 종숙 씨, 나는 간병일 하면서 하나님 살아 계심을 많이 봤어요."

"신기하다. 정말로?"

"그래서 나는 간병하는 것도 자부심으로 해요. 나만의 퀄리티가 있다고 생각해요."

"언니, 나도 그런 은혜 받아보고 싶다. 다음 주에 근처에 가봐?"

종숙 씨는 확신과 자신감으로 자랑했다는 것에 신바람나며 갔다. 알고 보면 하나님이 하신 듯하다. 징하게 말도 안 듣고 비협조적이었는데 주님의 은혜로 백부장의 기도가 하인을 낫게 하신 듯 간절한 간병인 기도에 하나님이 함께하신 듯하다. 참으로 감사하다.

한 가지 일을 근본에 이르기까지 깊이 생각하기 위해서는 종종 오성보다 용기가 더 필요하다.
  – 한스 에른트

사람이 올바른 강한 의지와 판단력으로 혼신을 다해 노력함으로 바른 정신이 생각보다 훨씬 더 빨리 적절하게 생각하도록 길들여지는 것 같다. 부정적이고 저급한 생각은 모두 밖에 던져라. 무엇보다 이룰 수 있다는 자신감이 무엇보다 먼저다. 나는 그랬다. 너무 힘든 환자를 만나면 기도하면서 하나님께서 함께하지 않으시면 바로 여기서 벗어나게 도와달라고 언제나 기도했다. 내가 잘 버텨낼수록 환자의 회복도 빨랐다. 환자 스스로 신기해할 정도로 말이다. 다른 뾰족한 수가 있는 것도 아니고 늘 그래 왔다.

6

부모님 살아 계실 때 더 많은 대화를 나눠야 했다

68세 중풍환자, 김석주 님이 입원했다. 언어가 부자연스럽고 본인이 할 수 있는 것은 아무것도 없었다. 그럼에도 인지는 분명했다. 식사는 피딩으로 하고 가끔은 석션도 해줘야 했다. 이런 환자를 두 달 정도 케어했다. 처음에는 언어를 전혀 못 들을 정도였는데 두 달 지나니까 조금 회복한 듯 잘 들으면 무슨 소리인지 알 수 있었다. 일주일에 한 번 목욕하고 아침마다 따뜻한 물수건으로 닦아주고 옆으로 세워서 등을 대여섯 번 두들겨 주고 사타구니도 따뜻한 물수건으로 닦아주고 한다. 이렇게 두 달 이상 지났을 때 새벽 케어를 마무리하는데 갑자기 섹스하고 싶다고 했다. 얼마나 당황했는지 순간 깜짝 놀랐다.

"뭐라고요?" 내가 욱하고 화를 내니 본인도 순간 당황한 듯하다.

"석주 님, 지금 나하고 섹스하고 싶다고 한 거요?"

"응."

"아니, 이런 세상에. 별소리 다 듣고 사네."

내가 울면서 간호사한테 말했더니 나를 달래주었다. 김석주 님은 뇌신경은 정상이기에 더 화가 났다. 치매도 아니고 말이다. 원장님이 회진 와서 간호사에게 말을 들었는지 나를 위로해준다. "요양사님, 남자는 다 도둑놈이여. 이해하세요." 간호사가 보호자에게 연락을 했나 보다. 아침 식사 끝나고 보호자가 달려왔다. 간호사가 있는 그대로 말을 했다. 보호자가 너무너무 미안하고 죄송하다고 한다.

이해를 돕기 위해서 잠깐 보호자와 상담을 하자고 했다. 김석주 님은 아이만 낳아놓고 산에서 25년을 혼자 살았다고 한다. 25년 동안 집에는 몇 번 안 왔다고 한다. 아내인 보호자가 농사 짓고 아이들 키우며 살았다고 한다. 나는 그때 알았다. 고맙다는 표현을 그렇게 했다는 것을 알아챘다. 보호자 말은 애들 아빠지만 남편으로 아무런 감정도 없고 느낌도 없다고 한다. 보호자는 나를 위로하러 왔는데 오히려 내가 위로해줘야 할 입장이었다.

"그래도 아이들한테 쉬는 날 아빠보러 오라고 하세요. 약속하고 가세요."

"그래요. 약속합니다."

그리고 점심시간 되어서 보호자는 가버렸다. 점심을 먹고 김석주 님을 아무도 없는 빈 방에 침상까지 끌어다가 "여기가 생각의 방입니다."라고 하면서 내가 말했다.

"석주 님, 그동안 산에서 혼자 살았다면서요? 아내가 혼자서 아이들 키우며 농사지어 가면서 얼마나 고생하고 살았을지 생각 좀 해보세요. 더불어 사는 것이 얼마나 참 행복인지 느껴보세요. 아내 손은 여자 손이 아니예요. 거북이 등가죽 같아요. 누가 저렇게 만들었나요. 아내한테 미안하지 않나요? 석주 님, 생각의 방은 내가 지은 방이에요. 빈 방에서 석주 님 혼자 좀 있으라고 말이에요. 여기에서 혼자 계세요. 석주 님. 아이들 보고 싶지 않으세요? 아이들한테 할 말 없으세요 석주 님? 못 알아듣는 척하시는 것 저 알아요. 그보다 오늘 아침에 저한테 실수하셨지요? 말씀하세요. 사과하세요. 사과할 줄 몰라요?"

성질 급한 내가 대답을 내가 말해버렸다.

"고맙다고 하려고 했는데 말할 줄 몰라서 그렇게 말한 것이죠?"

"응. 그래."

"산에서 뭐 하고 사셨어요?" 성질 급한 내가 답을 해주었다.

"산열매 따먹고 노숙자처럼 살았죠? 그것밖에 더 있어요? 석주 님은 그동안 소중한 것을 다 잃어버리고 인생을 낭비한 거예요. 왜냐하면 아이들 클 때 본인도 추억이 없지만 아들 또한 아빠의 좋은 기억, 추억도 없을 거예요. 그걸 만들어주지 못한 아빠로서 책임이 있습니다."

이렇게 말하니 고개를 끄덕인다.

"몇 년 동안 사람들과 소통 없이 살면 우울증 아니면 바보가 됩니다. 그래요 안 그래요? 그런데 25년을 세상과 단절하고 살았으니 당연 바보가 되지요. 고맙다는 말도 이상한 언어로 하잖아요. 석주 님 아이들 오라고 해서 '보고싶었다. 미안하다. 집에 오고 싶어도 너희들한테 너무 미안해서 못 왔다. 너희 엄마한테 면목이 없어 못 왔다.'라고 하세요. 지나간 것들은 다시 돌아오지 않아요. 앞으로 아이들 출가할 때 휠체어라도 타고 아빠로서 그 행복 좀 느껴봐야지요? 말하는 연습도 하세요. 끄덕끄덕만 하지 마시고 부자연스러워도 해보세요. 그래야 언어도 늘어요."

나는 노래를 따라 부르라고 스마트폰에서 트로트를 틀어놓았다.

"이 방은 혼자 있으니까 소리내어 따라 부르세요. 아이들 만날 날 생각하면서."

그리고 나는 301호에 와서 해야 할 일이 많았다. 한참을 있다가 살짝 가봤다. 리듬을 타면서 어설픈 언어로 노래를 따라 하고 있었다. 그래도 내 말이 먹혀 들어가는 듯하여 나름 감사했다.

"오~ 석주 님, 리듬 잘 타시는데요. 크게 하셔도 됩니다. 며칠 전보다 언어가 듣기에 좀 더 편안해졌어요. 아마도 다음 달에는 아이들하고 소통하는 데 큰 문제 없을 듯해요. 제가 시키는 대로 아이들한테 미안하다라고 할 수 있을 거예요. 너희를 엄마한테 맡겨 놓고 돌보지 못한 것에 미안하다고 무지한 아빠를 용서하렴. 이렇게 아이들한테 용서를 구하세요. 이제 좋은 아빠는 못 되어도 좋은 할아버지는 될 수 있습니다. 마음 문을 열고 긍정적으로 바라보면 아직은 보람 있게 살아볼 만한 세상입니다."

스마트폰에서 음악을 찬양 음악으로 바꾸어주었다. 저녁 시간에 준비하고 있는데 간호사가 "석주님 어딨어요?" 하고 물었다.
"끝방. 생각의 방에 있어요. 하하. 여기가 생각의 방이 됐어요."
"요양사님, 이름도 잘 지었네요. 석주 님한테 생각의 방으로 참 좋은 생각입니다. 석주 님 어떠세요?"

석주 님이 "네. 좋아요." 하니 깜짝 놀라는 간호사.

"언어가 많이 좋아졌습니다? 어떻게 하셨나요?"

"날마다 재활치료하고 물 치료하고 노래 연습하니까 많이 좋아졌습니다."

"석주 님, 파이팅하세요."

"석주 님! 간호사가 응원해주면 '감사합니다.'라고 하셔야지요? 그렇게 해야 더 멋진 사람이 됩니다."

성공의 시금석은 당신이 정상에 올랐을 때, 무엇을 하느냐가 아니다. 성공이란 당신이 바닥을 칠 때 얼마나 높이 뛰어오를 수 있느냐이다.
– 조지 팬턴

다행히 김석주 님은 나에게 말 한마디 실수했다는 이유로 잘 따라오고 있다. 이렇게 3개월 재활지료, 물리치료를 열심히 했다. 복음성가를 틀어놓고 다른 환자 보살피고 또 가봤더니 석주 님은 눈물을 펑펑 쏟으면서 울고 있다.

"세상에. 이게 무슨 일입니까. 왜요?"

"감사해서요."

언어가 약간 부자연스럽지만 처음 듣는 사람도 다 알아들을 수 있을 정도가 되었다. 어떻게 그 입에서 감사하다는 말이 나올 수 있을까요. 성령으로 역사하여 하나님의 축복이다.

"보호자 좀 오라고 할까요?"
먼저 간호사에게 보고를 했다.

"석주 님이 감사해서 운다고. 생각의 방으로 가보세요. 말 좀 시켜보세요."
"석주 님, 말소리도 많이 좋아졌습니다. 축하합니다. 제가 보호자에게 전화할게요."
"네. 감사합니다."
"지난번에 제가 알려줬지요. 아내가 오면 그동안 이런 말 한 번도 안 해봤지만 이제는 해보세요. '여보, 미안해요. 그리고 고마워요. 애들 잘 키워줘서.' 꼭 말하세요. 이런 말 못 하면 남자도 아니에요. 내가 시키는 대로 안 하면 간호부장한테 말해서 다른 방으로 보내주라고 하든지 아니면 우리집 가서 안 올거요. 너무 힘들어요. 석주 님께서 그렇게 하면 힘들어도 보람 있잖아요. 석주 님 아내가 오면 저를 얼마나 고마워하겠어요. 힘들어도 그러한 보람으로 하는 거예요. 어때요. 더불어 사는 것도 살아볼 만하지요."

또 고맙다고 한다.

"석주 님, 내가 한 것이 아니고 하나님께서 축복과 은혜를 주셔서 그래요. 아이들 오면 미안하다고 하시고 아내한테 쑥스러워서 못 하면 아이들한테만이라도 사랑한다고 하세요. 아빠가 이런 소리도 못 하면 아빠도 아니예요. 얼른 약속해요. 석주 님, 저처럼 간병하는 사람 흔하지 않아요. 저는 목숨 걸고 해요. 목숨 건다고 죽지는 않아요. 좀 힘들지요. 힘들지만 더 큰 축복, 보람이 있습니다."

부정확하게 감사하다고 말한다.
"정말이에요?"
"예. 감사해요. 생각을 바꿔줘서 고마워요."
"매 순간 감사하세요. 분명히 아주 회복이 빨라요. 301호 방으로 오신 것은 석주 님의 축복입니다."

며칠 후에 좋은 소식을 듣고 가족이 다 모였다. 사위 될 딸의 남자친구까지 왔다. 생각보다 의외였다. "안녕하세요. 따님하고 결혼 약속한 ○○○입니다."

사윗감은 정말로 좋은 사람이라는 것이 느껴졌다. 장인 되실 분 손을 잡더니 한참을 붙잡고 있다. 서로의 온기를 느끼는 모양이다. 현재 온전한 사람도 아닌데도 말이다. 보호자와 자녀들이 하염없이 울고 있다. 이 눈물은 그 동안 아쉬움, 안타까움, 아빠 없는 서러움, 남편 없이 농사짓기 힘들었던 서러움의 눈물일 수 있다. 내가 눈치로 찔끔했다. 얼른 시킨 대로 해보라고. 내가 아내의 손과 석주 님 손을 맞잡도록 포개주면서 "석주 님이 하실 말씀이 있다고 했어요. 말씀하세요."

어눌한 말로 "미안해. 여보, 고마워요." 순간 보호자는 그동안 참았던 눈물이 펑펑 솟으며 울고 있다. 아이들도 울었다. 내가 보호자의 옆에 가서 살짝 등을 쓰다듬어주면서 내 어깨를 빌려주었다. 이제부터 대화도 많이 하고 추억도 많이 만들고 살라고 말해주었다. 고맙다고 감사하다고 한다.

"석주 님, 오늘 좋으셨지요? 못된 아이들 같으면 아빠가 해준 것이 뭐 있냐고 할 수 있어요. 아내가 아이들을 아주 잘 키우셨어요. 석주 님이 축복받았다니까. 석주 님은 중풍 온 것이 어쩜 전화위복이 된 거예요. 아니면 지금도 산에서 살고 있겠지요. 사위 될 사람이 인성이 아주 괜찮은 사람인 듯해요. 내 맘에도 딱 드네요. 아내가 힘들어도 예수 열심히 믿고 살았더니 뒤늦게 축복이 막 터져나오네요. 축하합니다."

7

부모도 때가 되면 자식에게서 독립해야 한다

친구인 송문숙이 오랜만에 만나자고 연락이 왔다. 무슨 일일까? 궁금했지만 물어보지는 않았다. 문숙이는 남편과 사별하고 아들 바라기로 살다가 얼마 전에 아들 두 녀석을 1년 차이로 출가시켜놓은 상태였다. 그런데 무슨 일이 생겨 아들한테 속상하다고 하소연하러 갔다고 한다.

"아들이 궁금하고 보고 싶어서 반찬 좀 해가지고 갔는데, 시간 약속하고 갔는데 아무도 없는 거야. 너무도 황당했어."

"그랬겠다. 배신감 느끼고, 문숙아. 그래도 자녀를 출가시켰으면 아들은 내 아들이지만 이제부터는 며느리의 남편이야. 서로 행복하려면 아이들을 독립시켜 한다고 생각한다. 문숙아, 너 혼자 스스로 할 수 있는 일 아니면 취미를 가져보는 것이 어때?"

"친구야, 나는 아들이 연락이 안 되면 불안하고. 초조해."

"문숙아, 그것은 사랑이 아니고 집착이야. 엄마인 네가 아들을 며느리보다 더 사랑한다면 첫째 아들은 부담스럽고 며느리는 소외감을 느끼겠지. 설 곳이 없겠지. 문숙아, 모든 엄마가 너처럼 아들한테 집착을 한다면 행복하게 살 수 있는 아들과 며느리가 몇 명이나 될까?"

나는 고민해봤다. 어떻게 해야 문숙이에게서 아들 집착을 떨쳐버릴 수 있을지 말이다.

한번은 아들이 처갓집에 행사가 있어 2박 3일 동안 갔는데 전화가 안 된다고 했다. 며느리한테도 했지만 바쁜 관계로 전화를 못 받고 했단다. 그렇다고 경찰에 실종신고를 내는 바람에 경찰이 위치 추적을 하여 사돈집으로 아들 찾으러 들이닥치는 바람에 웃지 못할 일이 있었다고 한다.

문숙이 이 친구를 어떻게, 무슨 방법으로 아들 집착을 멈추게 해야 할까? 나는 문숙이를 일단 만나서 너보다 내가 요새 마음이 우울해서 나 혼자보다 친구인 너와 병원에 함께 가면 좋겠다고 부탁을 했다. 친구니까 끝나고 나오면 맛있는 것 먹자 했더니 같이 가자고 한다.

신경정신과에 가서 함께 검사받아 보자고 했다. 문숙이 말은 내가 무슨 정신과를 가냐고 난리를 쳤지만 "문숙아, 네가 네 아들한테 너무 심하게 집착한다는 것 알고 있어?" 성질 급한 내가 "너는 아니라고 할 수 있지만 다른 사람이 봤을 때는 넌 집착이야. 네 마음대로 안 되잖아. 그래서 병원에 가보자고 하는 거야." "그래. 네 말대로 한번 가보자."

문숙이는 의사의 진단에 생각보다 많이 놀란 듯했다. 혹시나 했는데 역시나 내 말이 맞았다. 본인은 사랑이라고 하지만 사랑일지언정 결혼시켰다면 그 아들을 사랑하기 때문에 행복한 결혼 생활을 하도록 마음에서도 독립시켜야 한다. 내가 말할 때는 제대로 안 듣더니만 의사가 말해주니까 인정한다.

문숙이는 나에게 "친구야, 고맙다. 나는 미처 그 생각은 못 했거든."라고 했다.

"잘한 거야. 문숙아."
"나 요새 잠깐 시간 있는데 여행 다녀올까?"
"어디로?"
"무조건 대중교통 타고 가보자."

우리는 정읍 변산반도에서 가서 싱싱한 해산물도 먹고 친구의 부모님 산소에도 들렀다가 하룻밤 자고 기분 좋게 즐겼다. 정읍장에도 가서 토속 식품 좀 사서 택배로 부치고 맛있는 것도 사먹었다. 갈 때는 기차로 갔지만 올 때는 고속버스로 왔다.

문숙이는 아들한테 최소한 나랑 있을 때는 전화하지 않았다. 일단 마음을 잘 다스리는 것 같아서 감사했다. 친구는 무엇인가를 해보겠다고 찾아보기도 하고 바쁘다. 나는 책을 읽다가도 느낌이 오면 바로 수첩이나 노트에 메모해놓는다. 지금 와서 작은 메모가 많은 영감을 주기도 하고 아주 좋은 참고가 된다. 전부터 책을 보면 언제나 옆에 수첩이 준비되어 있다.

나는 이번 책을 쓰면서 나 자신을 돌아보게 되었다. 많은 부끄러움도 있었고 후회되는 일도 많았다. 어찌 다 말할까. 누군가가 그랬다. 100권의 책을 읽는 것보다 1권의 책을 써보는 것이 훨씬 자기 인생에 도움이 된다고. 이러한 이야기는 늘 듣곤 했는데 지금 〈한책협〉에 와서 다시 한번 각인되는 것을 확실히 실감했다.

악마가 가장 두려워하는 것은 믿음이 좋은 사람이 아니라 꿈과 목표를 지도를 그리듯 명백히 머릿속에 새겨놓고 있는 사람이라고 한다. 꿈과 목표가 가슴속에 자리잡고 있다면 어떠한 시련이 와도 절대 문제 없다.

나는 사람들이 무슨 부탁을 하면 절대로 거절을 못 하는 사람이었다. 그 사람이 불편하고 언짢을까 봐 부탁을 들어줘야 한다고 여겼고 또 그래야 내 마음이 편했다. 뒷감당하려면 폭풍이 지나가야 했다. 그것이 착하고 올곧게 사는 것인 줄 알았다.

이제야 그것이 아니라는 큰 깨달음을 얻게 되었다. 그동안 고군분투한 나의 삶이 나를 한층 더 높이 세워줬고 마음의 근육도 단단하게 해주었다. 20대 후반에 우연히 철학관에 호기심에 가보았다. 점쟁이는 우리 남편이 44세 때는 대성을 한다고, 큰 변화가 있을 거라고 했다. 그런데 우리 남편은 44세 때 천국행을 탔다. 점쟁이는 우리 남편의 운명을 그때 알고 있었던 걸까?

실패는 신이 주시는 선물이라고 누군가 말했다. 주시는 선물을 잘 통과한다면 축복은 상상을 초월하도록 주시는 것을 나는 경험했다. 사람들은 물질만의 축복이라고 생각할 수 있는데 물질 축복만이 다가 아니다. 건강 축복도 있고 가정의 평안 또한 축복이 아닐 수 없다.

적어도 나 같은 경우는 그렇다고 생각한다. 문숙이는 공부하는 것을 정말 싫어했는데 세상에 그 어려운 공인중개사 자격증을 따보겠다고 결단했다. 어찌 이런 일이 있단 말인가. 축복할 일이다. 오전에 공인중개사 수업을 듣고 점심 먹고 오후에는 생각도 하기도 싫은 영어 공부를 하기로 했다고 한다.

"어떻게 그런 생각을 하게 된 거야?"

아들을 위해서 무엇을 할 수 있나 생각해봤다고 한다. "그래. 잘 생각 했다. 정말로 잘했다." 몇 달 공부했는데 공인중개사는 떨어져서 재도전 했다고 하는데 그 어려운 영어 실력이 꽤 많이 늘었다고 뿌듯해하면서 얼굴 표정이 많이 밝아졌다. 중요한 것은 아들한테 전화는 몇 번 했지만 찾아가지는 않았다고 한다. 열 달 동안 잘도 참고 많이 인내한 것을 인정 하게 된다.

"문숙아, 잘했다. 대단하다."
"너 영어 좀 배워. 유럽 여행 같이 좀 가자."
"그래, 생각 좀 해보자."

생각해보면 문숙이는 장족의 발전을 했다. 공부의 맛을 본 문숙이는 아주 행복해 보인다.

문숙이 아들로부터 아기를 출산한다고 도와달라는 연락이 왔다고 한 다. 참으로 세상에 이럴 수가! 지네들이 재밌게 살 때는 엄마가 귀찮고 부담스럽고 하더니만 이제 출산한다고 엄마가 필요하다고 한다. "며느리 출산하는 것도 도와주고 싶지 않아. 나 지금 영어 공부하는 것 재미 붙였는데." 나보고 묻는다. "어떻게 하면 좋을까?" "문숙아 하던 공부 쭉 해. 왜냐하면 공부도 때가 있는 거야. 네가 지금 30, 40대도 아니고 60대 인데 아기 봐주다 보면 2년 훅 가버려. 이제부터는 손자들 속에 파묻혀 살게 되고 공부는 끝났어." "그래, 생각해보니 네 말이 맞는 것 같다. 너는 나의 멘토야."

천만다행이다. 문숙이가 며느리 뒷바라지하러 간다면 이제 공부는 담 쌓는다고 봐야 한다. 작은 며느리도 있고 둘째 낳으면 또 고생해야 한다. 공부를 시작한 것은 매우 잘한 일이라고 생각했다. 문숙이는 학원에서 남자친구를 만나 무엇이 그리 좋은지 엄청 신바람이 났다. 학원 끝나고 같이 밥 먹고 주말엔 같이 등산에 갔다 왔다고 자랑을 하는데 입이 쉴 새 도 없다. 나는 문숙이한테 다시 묻고 싶다.

"문숙아, 너 처음부터 내 말 잘 듣고 한 것 잘했지? 그렇지 않았으면 너 남자친구 못 만나잖아."

"그래 오직 아들이 나의 전부였다고 생각했는데. 네 말을 듣고 지나서 보니까 잘했다는 생각이 들어."

"내 말 듣길 잘했지? 너에게 그 말 좀 들어보고 싶어 한 말이야. 다시 말하지만 고맙고 잘했어."

나는 문숙이가 생동감 넘치게 사는 것에 좀 생색을 냈다. 내가 적극적으로 권장한 것이니 말이다. 적어도 나는 있는 그대로 살고 싶지 않았다. 입도 크게 벌리고 스스로 영적인 세계로부터 나의 환경으로 끌어온다. 우리 인간은 두 종류라고 한다. 한 사람은 속사람, 또 다른 사람은 겉사람이다. 생각을 키워서 속사람의 잠재의식을 열정과 본능을 깨워 내가 원하는 것에 집중한다면 내가 원하는 목표, 꿈이 좋은 성과를 낼 수 있다. 중요한 것은 내가 생각한 대로 98%는 이루어졌다는 것이다. 내가 환자 케어할 때도 그랬다. 내가 돌본 환자 중 하나님의 뜨거운 역사가 그냥 지나친 적이 없다. 감동과 기적을, 하나님의 살아 계심을 실감했다.

몇달 전 가족 산소 이장을 해야 해서 날짜를 잡고 이장하는 직원들과 약속하고 산소로 가는 중에 비가 전국적으로 온다는 소식을 들었다. 산소를 파헤쳐야 하는데 순간 천막을 쳐야 할까, 우산을 씌어줘야 하나 고민했다. 하늘은 먹구름이 껴 있고. 그 순간 "아니, 무슨 소리야. 오늘 절대 비 안 와."라고 외치며 고개를 절레절레 흔들었다. 비가 온다고 생각하면 끔찍했다. 직원들이 끝까지 비 안 맞고 일하는 상상으로 각인시켰다. 신기하게도 비는 오지 않았다. 우리가 모두 납골당으로 가는 길에 그동안 참았던 비가 분수에서 물을 뿜듯이 왔다. 가까스로 납골당에 도착

해서 유골을 안치하고 아이들이 펜션에 가서 하룻밤 쉬고 간다고 예약하여 준비해온 고기와 음식과 회도 맛있게 먹었다. 다음 날 일어나니 역시 날씨가 구름이 잔뜩 끼어 흐리다.

손자가 "할머니, 비 온대요? 우리 수영하려고 예쁜 수영복 준비해왔는데." 하면서 실망스러운 표정으로 나를 바라본다. "걸아, 비 안 와. 할머니가 기도했어. 비 오지 않게 해달라고."
"할머니, 진짜?"
"그래."

나는 손자 손녀가 예쁜 수영복 입고 수영하는 것을 내 머릿속에 각인시켰다. 그 상상에 나는 매우 행복했다. 늦은 아침을 먹고 아이들한테 수영하러 갈 준비를 시켰다. 아이들은 구름은 끼었지만 설레면서 수영복으로 갈아 입고 물속으로 들어갔다. 햇살이 말하는 듯했다. "너희들 수영하려고 하는구나." 구름이 있으니 추울 수 있다. 그런데 햇볕이 살짝 내려준다. 이것은 나의 의식이 펼쳐진 것이다. 마무리하고 집에 돌아오는 길에 구름이 참고 있던 입을 벌린 듯 비가 쏟아진다. 어찌 이런 일이! 너무나 감사했다.

8

혼자 지내는 연습을 하라

뇌졸중으로 쓰러진 한명숙 님 가족한테 연락이 왔다. 한명숙 님은 79세이다. 나는 연세 많으신 분을 그냥 어머니라고 부른다. 어머니는 40대에 심장 스탠트 시술을 하셨다고 한다. 그로 인해 와파린약을 복용하신다고 하는데 와파린약은 뇌질환 예방 차원에서 드셔야 하지만 부작용도 있을 수 있다고 한다. 뇌졸중으로 쓰러져 입원했다가 퇴원했는데 집에서 체조, 운동, 산책하면서 걷기 운동하고 오후에는 찬양 한 시간씩 하신다.

이러한 방법으로 매일매일 하시는데 그러다 약간의 언어 장애로 말하는 것이 부자연스러워져 복지관으로 노래교실도 가고 꽃꽂이도 한다. 어머니는 노래교실은 처음인 듯하지만 그런대로 잘 따라 하신다. 노래를 잘 따라하면 동영상으로 찍어 보호자에게 보내주기도 했다. 처음 본 듯 엄청 좋아하신다. 이렇게도 좋아하실까, 나 또한 뿌듯하다.

어머니는 주일이 되면 교회 가시려고 준비하기 위해 목욕도 하고 머리 손질도 하며 힘든데도 잘 따라 오신다. 생각해보면 감사했다. 치매인데도 불구하고 교회만 간다고 하면 제일 좋아하신다. 건강했을 때도 유일하게 좋아했던 것은 교회 갔다 오는 일인 듯했다. 언어 장애가 있기에 노래를 많이 하면 좋을 듯하여 찬양을 한 시간씩 불러도 아주 잘 따라 하신다.

어머니는 점점 치매가 심해지는 듯하다. 오늘은 아침 식사 끝나고 교회 가자고 하신다. 오늘은 교회 가는 날 아니라고 했더니 갑자기 내 뺨을 팍 하고 때린다. 좀 당황스러웠다. "어머니, 왜 그러세요?" 물어봐도 아무런 대답이 없다.

어머니가 점점 난폭해졌다. 당신의 생각대로 되지 않으면 말보다 폭행으로 이어진다. 가고 싶고, 하고 싶은 말이 있는데 궁금한 것도 있지만 생각과는 달리 말은 안 되고 요양보호사도 알아서 해주면 좋겠지만 그것도 아니고 하니 폭행부터 하게 된다. 어쩜 앞으로 점점 더 심해질 것 같다. 복지관에 꽃꽂이 수강을 신청하여 일주일에 한 번씩 꽃꽂이도 했다.

수강생들은 나보고 딸이냐고 묻는다. "아니요. 요양보호사에요." "난 또 친정 엄마인줄 알았어요." 어머니는 눈을 감고 그냥 계신다. 뭔가 말 하고 싶은데 말은 잘 안되고 뭔가 생각하시는 듯 어머님 표정이 읽어진다. 어머니는 잔존능력이 점점 사라지는 듯하다. 매일 보는 나를 가끔은 자꾸 다른 사람으로 착각하신다. 밤에 갑자기 아들한테 가자고 하고 아니면 아들 오라고 막무가내로 떼를 쓰면 당황스럽다. 오늘도 노래교실 가는 날이다. 최고로 멋스럽고 럭셔리하게 꽃단장하고 노래교실에 갔다. 어머니 동년배 되시는 분들이 이미 많이 와 계신다. 노래가 시작되는데 역시 어머님은 유일한 십팔번 〈동숙의 노래〉를 신청하고 가끔은 〈노란샤쓰 입은 사나이〉를 부르신다. 곧잘 따라 하시는 걸 동영상으로 찍고 사진도 찍고 해서 보호자에게 보내주었다.

역시 보호자는 신기해하며 흐뭇해하신다. 어느 날인가 보호자 아버님이 많이 지쳐 보이셨다. "아버님? 여행이라도 다녀오세요." "글세 내가 여행이라도 가면 요양보호사가 너무 힘들지 않겠어?" "2~3일 정도는 견딜 만해요." 부모나 배우자가 장기간 환자로 있다면 좀 내려놓고 여행을 다녀온다든지 보호자의 마음과 몸을 다스려야 한다고 생각한다.

어떻게 해서라도 나을 수 있도록 한다는 것은 참 어려운 일이다. 아버님은 환자로부터 떨어져 있는 것만으로도 휴가다. 환자 한 사람만 보고

자 약속하고 갔지만 그래도 보호자가 지쳐 있는 듯하면 살짝 시간 좀 빼주는 것 또한 미덕이 될 수 있다. 왜냐하면 그 보호자가 아프면 그 환자와는 더 오래 함께할 수 없기 때문이다. 요양보호사가 자주 바뀌는 건 별로 좋지 않다. 보호자도 간병인도 환자를 케어하기 시작했다면 오래 해야겠다고 마음의 근육을 키워야 한다고 생각한다. 보호자 역시 갑과 을이 아닌 가족으로 생각하고 조금 더 배려하고, 작더라도 관심을 준다면 그것 또한 환자인 배우자나 부모에게 더 보살핌의 손길로 돌아갈 것이라고 생각한다. 어차피 내가 아닌 다른 사람으로부터 케어를 받는다면, 한 사람이 꾸준히 오래하는 것이 환자한테 안정적이고 익숙해서 좋다. 치매 환자는 간병인 바뀔 때마다 두려움을 느낀다. 이러면 잔존능력이 점점 떨어진다.

뇌졸중, 뇌경색 환자는 사람이 바뀌면 처음에는 언어도 잘 못 알아듣는다. 겨우 낯 익혀놨는데 또 바뀌면 수치심만 더 느낀다. 나는 감히 말하고 싶다. 피를 나눈 가족도 때에 따라 마음에 안 들어 다툴 때가 있듯이 서로 '여기 아니면 다른 데 갈 데가 없나? 저 요양 보호사가 왜 저러냐?'라고 하기보다 우선 서로 환자를 먼저 생각하면 생각이 달라질 수 있다. 이러한 생각으로 케어를 하다 보니 요양보호사 일을 자부심으로 하게 되고 어떤 환자도 케어할 수 있는 능력이 키워지는 것을 실감하게 되었다.

보호자는 여행을 다녀온 뒤 마음이 편안해진 듯했다. 보호자가 편안하니까 어머니를 잘 도와주시기에 나 또한 훨씬 수월하다. 오늘은 내가 복지관으로 영어 공부하러 가는 날이다. 공부를 한다기보다 그 시간에 쉬라는 뜻이기도 하다.

어머님은 내가 누구와 통화하면 "그 사람 오라고 해. 내가 할 말 있다고." 한다. 이래서 환자 앞에서는 전화도 조심해야 할 것이라고 생각하게 된다. 크리스마스 이브에 어머님 자녀들 모두 와서 함께하면서 참으로 감사했다. 요양보호사 아닌 가족처럼 말이다. 감사하고 고맙다는 말에 나 또한 보람을 느껴본다. 이럴 때 자녀들이 와서인지 어머님은 편안해 보인다. 내가 옆에 앉아 있는데 내 손을 꼭 잡고 있다. 무슨 하실 말씀이 있는 듯하지만 잘 못하신다. 나는 무슨 말을 하시려는지 알고 있다.

아마도 고마워하실 듯하다. 가끔은 멀쩡한 정신으로 있을 때가 있다. 그때는 또 고맙다느니 뭐 이런 표현을 하신다. 그것도 감사했다. 생각해 보면 귀한 감사다. 치매 환자에게 언제 감사 인사를 받아보겠는가. 보호자는 매일 습관처럼 원칙이 있다. 반드시 걷기 운동 일주일에 두 번, 그림 그리러 가시고 요가도 두 번 꼭 참석하신다. 연세에 비해 대단하시다. 아버님 생각에 지금 80 중반이 아니고 70밖에 안 되어서라고 생각하고 초 절대 긍정으로 생각하신 듯하다.

식사도 당신 스스로 해드실 수 있는 영양식으로 드시는 듯하다. 누군가 도우미를 쓸 수도 있지만 혼자 할 수 있기에 혼자 하신다고 한다. 나이 드실수록 무엇이든지 스스로 하는 것이 어쩌면 매우 바람직한 일이다.

나는 요양보호사 하면서 참 복 받은 사람이라고 생각했다. 일하면서 어떻게 공부할 수 있을까 말이다. 나는 틈틈이 시간만 나면 책을 보고 공부를 놓치지 않았다. 어쩌면 못 배워서 한이 되어서 그런지도 모른다.

치매환자는 가만히 보면 노래하는 것과 웃음치료가 제일 적합한 것 같다. 사람마다 다르지만 어머님 같은 경우도 찬양할 때가 가장 협조적이고 잘 따라온다.

오늘은 어머님과 만두를 만들어 보았다. 만두 속 만들 때 알고 있지만 물어본다. 대답은 서툴지만 잔존능력을 살리기 위해서이다. 접시를 엎어놓고 만두 피를 위에 올려주고 만두 속 한 숟가락 퍽 넣어주면 딱 잡고 야무지게 접는다.

난 또 얼른 동영상과 사진을 찍고 해서 보호자에게 보내준다. '우리 어머니, 우리 아내 아직 솜씨 살아 있네.' 하고 감동의 문자가 온다. 치매 환자는 절대로 혼자 두면 안 된다. 자면 같이 자고 밥을 먹어도 같이 먹고 무엇을 해도 같이 해야 한다.

건강한 노인은 할 수 있는 한 끝까지 혼자 스스로 하도록 하는 것이 제일 바람직하다. 어머님은 갑자기 더 난폭해졌다. 잠은 새벽까지 안 자고 밤에 자야 낮에 활동할 수 있는데 말이다. 며칠 동안 너무 힘들게 하니까 요양병원으로 모시기로 결정했다. 이건 정말 견딜 수가 없다. 마음이 너무 아프다. 어쩌면 전문시설이라서 더 좋을 수 있다고 생각했다. 그건 우리 생각이지 아무리 좋아도 집만큼은 아니다.

요양병원 가기 전에 가족들과 여행을 갔다. 강원도 속초에서 하룻밤 지내고 우리는 바닷가를 한 바퀴 돌기로 했다. 휠체어를 타기 때문에 가능했다. 지금은 어디든지 휠체어가 다 들어갈 수 있어 마음만 있다면 모든 것이 가능하다. 여행을 하는 동안은 어머님은 아주 순해졌다. 운전은 아버님과 내가 번갈아 하면서 다녔다. 나도 한 운전한다. 99년에 따서 바로 운전 시작하여 사고 별로 없었다. 군산에도 가보고 여수로 가서 해물 꽃게 너무 맛있게 먹었던 기억을 지금도 잊지 못한다.

어머님은 여행을 떠났다고 생각해서인지 심적으로는 매우 편안한 듯하다. 이러기에 가족들이 여행을 자주 가나보다 생각했다. 우리는 집으로 돌아왔다가 며칠 후, 인천 소래포구에 어머님과 전어구이를 먹으러 갔다. 가시를 발라드렸더니만 어찌나 맛있게 드시는지 참 감사했다. 꽃게찜도 살만 발라주면 쪽쪽 맛있게 드시는 것이 너무너무 좋고 감사했다. 사실 나도 정말 맛있게 먹었다.

9

무엇이든 열심히 해볼 각오를 가져라

사람이 마음으로 자기의 길을 계획할지라도 그 걸음을 인도하시는 이
는 여호와시니라(잠언 16:9).

공주 요양병원에서 방 하나에 있는 환자 6명을 케어하는데 정말이지
쉽지 않았다. 태수 할아버지는 88세인데 파킨슨으로 진단받고 고관절
수술을 하고 요양병원으로 처음 오셨다. 밤새 아들만 찾다가 새벽녘에
야 겨우 잠들어 아침에 못 일어나 식사도 제대로 못 하신다. 당신 손수
할 수 있는 것은 아무것도 없다. 다 먹여드려야 한다. 약을 드셔야 하기
에 반드시 식사를 드셔야 하는데 아침 식사 끝나면 휠체어 타고 화장실

에 가서 흐르는 물에 손, 발 닦고 물론 1주 한 번 목욕은 단체로 한다. 매일 물리치료도 하고 그렇게 4개월 정도 입원 치료하셨다. 재활치료 꾸준히 하시는 분들은 어느 날 회복이 확연하게 나타나나 보다. 태수 아버님 같은 경우다. 아버님이 갑자기 사라졌다.

휠체어 안 타면 한 발도 못 가는 분이 침대에서 없어졌으니 보통 일이 아니다. 확인했을 때 새벽 4시였다. 앞방, 옆방 다 찾아보아도 없었다. 비상이었다. 분명 입구문은 잠궈 놓았기에 밖에는 못 나갔을거라 생각하고 샅샅이 찾아 어디 가서 넘어졌는지 보이지를 않는다.

다행히 방이 22개 있는데 제일 마지막 끝방에서 혼자 주무시고 계셨다. 정말로 이거야말로 기적이다. 혼자서는 복도에도 못 나가는 분이 어떻게 끝방까지 갈 수가 있는지 놀라운 일이었다.

아침에 원장님이 회진하시면서 "요양보호사가 지극정성과 열정으로 보살피더니만 태수 아버님이 효과를 빨리 보시네요." 하고 칭찬해주셨다. 밤에 아들 찾는 것도 줄어들고 결론은 물론 약 먹고 치료도 하지만 더 중요한 것은 보살피는 요양보호사라고 생각이 된다. 그 이후로는 다른 환자 휠체어도 함께 밀면서 재활치료 가실 때 걸어서 다니신다.

짧은 기간 동안 참으로 기적이 아닐 수 없다. 요양보호사 자격증을 따고 처음으로 근무하면서 대단한 열정으로 했던 것 같다. 치과에 자주 가야 할 일이 생겨 그만두어야 해서 나오는데 다른 요양보호사가 배웅하면서 "사실 우리 여사님 때문에 엄청 힘들었어요. 간호부장한테 불려간 적도 있어요."라고 한다.

　나는 나만 열정으로 열심히 하면 되는 줄 알았는데 다른 사람은 그렇지 못할 수 있다. 준호 할아버지는 다른 병원에서 간병인 손가락을 꺾어서 결국 난폭해서 쫓겨 왔다. 식사하고 나면 하루 종일 누워만 있는다. 하지만 목욕도 해야 하고 약도 드시게 하고 기저귀도 바꿔줘야 하고 난폭하다 해서 그냥 놔둘 수 없다. 친해져 보려고 조심스럽게 과자가 있으면 제일 먼저 가져다 드리고 과일도 깎으면 제일 먼저 가져다 드리고 했다. 난폭하다는 것은 성격일 수도 있고 병일 수도 있지만 서로 신뢰하지 못하기 때문일 수도 있다. 사실은 그렇지 않은데 요양병원에 오면 간병인들이 함부로 한다거나 무시한다고 생각한다.

　준호 아버님은 그러한 경험이 있을 수 있다. 지금 70, 80, 90대 아버님들은 전쟁도 겪어보고 보릿고개도 넘겼다. 지금 병원에 와 있지만 소싯적에 대단하다고 인정 받고, 집에서도 큰소리 뻥뻥 치던 분들인데 병원에 와서 대소변도 타인의 도움으로 해결해야 하다고 생각하니 자신한테 화가 나는 것이다. 그러니 요양보호사가 조금만 거슬리게 하면 손을 꺾고 난폭해지는 것 같다. 그런 분들은 그 공동방에서 먼저 챙겨주면 그 방에서 제일 어른 대접받는다고 생각하시는 듯하다. 그래서인지 얌전해졌다.

준호 아버님 보호자 가족이 왔다.

"아니, 우리 아버지가 어쩜 저렇게 얌전해졌어요?"

"네. 간식도 나오면 제일 먼저, 과일도 깎으면 제일 먼저 드렸더니만 순해졌어요. 그것은 당신을 그 공동방에서 최고 어른으로 인정해줬다고 생각해서인 듯해요."

가족들이 놀라면서 너무 좋아한다. 아버지의 성격을 이제야 파악을 하고 이해를 하게 됐다. 요양보호사 한 명이 여섯 명을 보살피는데 준호 아버님은 그 이후부터 순하고 온유한 아버님이 되었다. 말은 여전히 잘 못하지만 행동은 얌전해졌다.

천명 아버님 뇌졸중 편마비로 입원했다. 날마다 어머님이 다녀가신다. 점심 먹기 전에 왔다가 저녁 나오기 전에 가신다. 아침 새벽이면 기저귀를 모두 바꿀 시간이다. 가끔은 천명 아버님 기저귀 갈 때 그 거시기에 깜짝 놀랄 때가 있다. 그럴 때는 본인도 깜짝 놀라며 미안해한다. 시치미 뚝 떼고 모른 척해야 한다. 아는 척하면 곤란해진다.

역시나 내가 쉬는 날 다른 대근자가 와서 근무하는 동안에 아침 새벽에 그 거시기가 불뚝했다고 간호사한테 말하고 별일을 다 본다고 시끄러웠다고 했다. 결국 천명 아버님은 다른 병원으로 가셨다. 천명 아버님은 미안해하고 어머님은 아마도 어쩜 간병인을 원망하지 않았을까. 지혜롭게 잘 좀 넘기지 하고 말이다.

결국 그 대근자 때문에 그 요양병원에 한 고객이 빠져나갔다. 간호부장이 긴급소집을 하였다. 천명 아버님과 같은 일이 생기면 지혜롭게 넘기라고 주의를 받았다고 한다. 몇 달 동안 그런 불미스런 일이 없었는데 요양보호사라면 육체 몸을 케어하는 것이기도 하지만 때에 따라서 정신과적으로 도움이 되어야 할 때도 있다. 차별화된 요양보호사가 되도록 독서도 해야 하고 신앙인이라면 환자를 위해 혼신을 다해 기도하고 자기 역량도 상승시켜야 할 것이다.

치과 치료를 하고 다시 다른 방에 배정되어 어머님 방으로 케어하러 갔다. 자녀들이 가져다준 반찬이든 옷이든 고이고이 감추고 있다. 이것 또한 치매 증상인 듯하다. 항상 문만 바라보고 당신의 아들 언제 오나 하며 기다리는 모습이다. 아들은 2주에 한 번 오는데 주무실 때 외는 문만 바라보고 계신다. 어떻게 한결같이 아들 짝사랑을 그토록 하는지 집착을 너머 치매라는 병이라고 한다. 아들이 갖다준 것은 그 누구도 절대로 손도 못 대게 한다.

거기서 지혜롭게 대처하는 것 또한 요양보호사 몫이다.

"어머님, 제가 깨끗이 닦아 올게요. 너무 더러워요. 그리고 냄새나요."

버릴 것은 버리고 닦아야 할 것은 깨끗이 닦아서 가져다 드리면 아들이 준 거라고 부둥켜안고 문쪽만 바라본다. 모성애는 짝사랑이라고밖에 말할 수 없다.

김정숙 어머님은 치매로 입원하셨는데 남편이 매주 한번씩 온다. 그런데 오빠라고, 우리 오빠라고 간호사한테 소개한다. 59세밖에 안됐다. 낮에 가족이 왔다 가면 밤에는 다른 환자들 옷 다 입어보고 먹을 것이라면 다 주워 먹는다. 이런 환자는 집에서도 케어하기 너무도 힘들어 어렵다.

정숙 어머님은 아직 나이도 젊은데 치매도 정신 없는 심한 치매라고 말할 수 있다. 보호자가 왔을 때, 어머님이 현재 다리가 건강하니까 가족끼리 여행 한 번 다녀오시는 것이 어떠냐고 권했다.

"지금 애들 다 키워놓고 남편과 여행하면서 살 나이에 가족도 못 알아보고 너무 불쌍하잖아요?"

다음 주에 가족은 단단히 준비하여 정숙 어머님과 마지막 여행이라고 생각하고 함께 떠났다. 하룻밤 자고 오후 늦게 도착했다. 애들하고 사진도 많이 찍고 했다고 한다. 여행 가서는 남편을 알아봤다고 한다. 그날밤은 모처럼 편안하게 자는 것을 나는 느꼈다. 가족의 사랑인 듯하다.

3장

소중하지 않은
사람들에게
삶을 낭비하지 마라

1

인생은 우리 스스로 만드는 것이다

내가 19살 때 시내 한복판을 지나가는데 나를 성폭행했던 그 오빠가 군인장교 대위 계급장을 달고 예쁜 아가씨하고 지나가다가 우연히 나를 봤다. 서로 눈이 마주쳤다. 나를 힘들게 한 그 오빠 나쁜 놈. 잠시 멈추더니만 그냥 가버렸다.

그 이후 15년 후 정도 지났을 때 소식을 들으니 사고로 죽었다고 한다. 나는 속으로 잘 죽었네 했다. 그 오빠가 고등학교 졸업할 때까지 몇 년 동안 마음 고생을 했는지 엄마가 원망스러웠다. 내 말을 안 믿고 오빠 말만 끝까지 믿고 말이다. 내가 16세 때 엄마는 아버지하고 이혼하였다. 엄마는 아버지의 가정폭력을 못 견디고 우리를 버리고 갔던 것 같다.

18세부터 어떤 군인 오빠와 얼굴도 모르는 상태에서 편지를 3년 동안 주고받았다. 내 주소를 친구가 알려줘서 편지가 왔다. 처음에 7번 정도 왔는데 그래도 답장을 하지 않았다. 8번째는 휴가 갈 때 주소로 찾아온다고 해서 답장을 했다. 그로 인해 군인 오빠와 편지를 주고받았다. 나는 엄마가 없었기에 엄마한테 해야 할 말도 일기 쓰듯이 편지 써 보냈다. 3년 동안 100통 넘게 주고받은 것 같다. 제대할 때 얼굴도 보려 했지만 못 보고 그 이후로도 편지만 계속 주고받았다. 21세에 동네 지인이 중매를 해서 선을 보고 왔다고 편지로 보냈다. 며칠 후에 마당에 미루나무에 까치가 별나게도 이상하게 '까깍까악' 하며 울었다. 별일이었다. 생전 처음이다. 손님 오시려나. 일요일이라 늦은 아침을 먹고 동생 교복을 세탁하러 가려는데 어떤 남자가 있다. 내가 "누구세요? 어디서 오셨어요?" 하니 그 남자는 씩 웃으며 "전남 함평에서 온 문준호입니다." 한다. 순간 나는 당황해 내 방으로 들어가 나오지도 못했다. 그 사람은 펜팔했던 군인 오빠였던 것이다. 준비 없이 갑자기 만나니까 창피했다.

"아니 어떻게 연락도 없이 와요?"

"연락하면 보나마나 못 오게 하겠지요."

"지금은 준호 오빠 만날 때가 아니에요."

"선 봤다면서요."

"네. 내가 선 본 거하고, 준호 오빠하고 무슨 상관이에요? 미치겠네. 다음에 이야기하고 일단 가세요. 우리 아버지 알면 나 맞아 죽어요. 우리 아버지는 말보다 주먹이 더 빨라요. 우리 엄마도 아버지의 폭력이 무서워 이혼하고 가버렸어요."

"나 죽을 각오로 왔어요."

"일단 오늘은 가세요."

나는 아버지가 알게 될까 봐 가슴이 콩닥콩닥 뛰었다. 나는 우리 아버지 폭력이 세상에서 제일 무섭다. 잠시 후, 아버지가 들어오시면서 누구냐고 한다. "안녕하세요. 함평에서 온 문준호입니다." 준호 오빠는 "아버님, 절부터 받으세요." 했는데 심장이 멈추는 듯했다. 준호 오빠는 옷을 갈아입고 아버지가 가는 대로 뒤따라가면서 밭으로 논으로 함께하면서 일주일 정도 있었다. 아버지가 알았다고 하면서 돌아가라고 했다. 밥 할 때는 부엌에 와서 나무로 불도 때주곤 하였다. 파, 마늘도 까주고 가만히 보니까 꽤 좋은 사람 같았다. 잘 웃기도 하고.

"그런데요, 우리집은 5남매인데 준호 오빠집은?"

"우리는 6남매지."

"아~."

"막냇동생은 일곱 살."

"오빠가 28살인데 7살 동생이 나이 차이가 많이 나네."

오빠는 일주일 후에 집으로 갔다. 아버지는 그날부터 괜히 매사에 트집이다. 반찬이 너무 짜다. 밥이 너무 질다. 아버지가 생각해둔 사윗감이 있었는데, 생각도 못한 놈에게 딸을 도둑맞은 느낌이었나보다. 매사에 짜증을 내고, 소 밥을 제 시간에 안 줬다고 때리고 그렇지 않아도 말보다 주먹이 더 빠른 아버지다. 생각해보면 나도 우리 큰딸이 결혼한다고 남자친구 인사하러 왔는데 그때 아버지 마음이 이 기분이었구나 하고 아버지가 이해가 됐다.

준호 오빠한테 편지가 왔다. 별일 없냐고 해서 아버지가 너무 힘들게 한다고 편지에 답장을 보냈는데 너무 힘들면 다른 데 가지 말고 오빠한테 오라고 우체국으로 차비를 보냈다. 그렇게 몇 주 지났는데 친구 집에 갔다가 7시까지 와서 소 밥 주라 했는데. 9시에 왔다. 친구 집에는 버스가 하루 두 번밖에 안 온다. 오전 한 번, 오후 한 번. 아버지한테 나는 정신을 놓을 정도로 두들겨 맞았다. 지금 생각해보면 우리 아버지는 분노조절 장애가 있지 않았나 싶다. 맨발로 도망 나와 근처 이모집으로 갔다가 자고 이튿날 준호 오빠집으로 호남선을 타고 갔다. 우리는 오빠 집에서 조촐하게 혼례식을 올리고 신혼생활을 시작했다. 막내가 일곱 살이라고 했는데 더 어린 동생으로 5개월 된 아이가 있고 또 5살짜리가 있었다. 나는 남편 눈치만 볼 수밖에 없었다. 그 아이가 내 아이라고 말할까 봐서였다. 시동생이라고 하는데 5개월이니까 엄마 젖을 먹어야 하는데 젖도 안 주고 이유식처럼 미음을 주었다. 며칠 후 남편 닮은 남자가 "형수님, 안녕하세요." 하고 들어와 인사를 한다. 그 다음 주 "형수님, 안녕하세요." 하고 들어오는데 처음 본 사람이고, 또 그 다음 달에 '새언니, 안녕하세요.' 하면서 들어온다. 남편한테 물어봤다. 오빠는 6남매라고 했는데 내가 세어보니까 8남매였다. 아직도 못 본 동생 하나 있다고 모두 9남매라고 한다.

나는 말문이 막혀 한참 동안 멍때리고 있었다. "오빠, 결혼 물려줘. 9남매 맏며느리는 나 자신 없어." 오빠는 "내가 잘할게." 한다. 난 정말 오빠 사랑하는데 9남매 맏며느리는 진짜 자신 없다 했지만 남편을 사랑하기에, 꾹 참고 살다 보니 막내 시동생이 세 살이 되어 걸어다니게 되었다. 빨랫줄에 빨래를 널어놓으면 바지랑대로 줄을 흔들어 떨어트려 나의 속옷 브래지어는 귀마개로 쓰고, 팬티는 두건처럼 쓰고 다닌다. 그런 속옷은 처음 본 듯한가 보다.

막내 시동생이 초등학교 3학년 될 무렵 우리 식구 5식구는 경기도로 이사를 왔다. 남편은 사우디에 갔다 와서 목돈을 벌어 사업을 했는데 2년 만에 쫄딱 망했다. 우리 아들 7개월 됐을 때 업고 떡 행상을 시작했다. 아들을 데리고 다니며 3년을 떡 장사를 했다. 빚도 좀 갚고 방도 좀 넓은데로 이사하고 남편은 직장에서 성실하게 근무하여 회사에서도 인정받고 몇 년 열심히 살았다. 남편은 자주 배가 아프다고 해서 약을 사다 주면 괜찮고 며칠 후 또 아프다고 해서 병원에 갔는데 종합병원으로 가라고 한다. 청천벽력 같은 소리였다. 진단 결과는 위암 말기였다. 그때 아들 초등학교 5학년, 작은딸 중3이고, 큰딸 고1이었다. 미친 듯이 바쁘게 열심히 살았는데 남편은 암 진단받고 7개월 더 살고 천국으로 갔다.

집 다 정리하고 우리는 임대아파트로 이사를 했다. 임대아파트에 살면서 너무 힘들어 팔자 좀 고쳐보려고 돈 있고 나보다 좀 형편 나은 사람 만나고 싶었다. 하지만 세상은 어림도 없었다. 출판사도 다녀보고, 카드 상담사도 해보고, 보험도 해보고 결혼해서 지금까지 32가지 직업을 가져봤다. 나의 인생을 좀 업그레이드시켜볼까 하고 또 있어 보이려고 열심히 자기계발 책을 보면서 강연도 들어보고 아무리 열심히 해도 별로 나의 삶은 다를 바 없었다. 50대 초반에 중학교 검정고시에 합격하고 아이들 3남매 결혼시켜 놓고 60대 초반에 고등학교 검정고시에 합격하였다.

나는 그동안 요양보호사로 12년 근무하면서 넉넉하지는 않지만 나름대로 준비했고 손자, 손녀가 여덟 명이다. 나는 손자가 너무 예쁘다. 생각해보면 손자를 봐줄만 한데 절대 봐주지는 않는다. 내가 벌어서 손자들 용돈 주고 내가 하고 싶은 공부하고 여행 가고 싶으면 여행 가고 내가 아프면 자녀들에게 절대 부담 주지않고 오직 내가 스스로 한다. 중요한 것은 아직은 아주 건강하다는 것이다. 약은 종합비타민밖에 안 먹는다. 생각해보면 매우 감사하다. 인생은 스스로 만들어가는 것이라고 했다. 나는 〈한책협〉에서 김도사님 코칭을 받아 책을 쓰면서, 나의 카페도 만들고 블로그도 개설하고 유튜브도 하고 있다. 앞으로 나의 삶이 화려하지 않겠는가.

나의 인생 1장은 파란만장해 너무 고통스러워 죽어버리고 싶었다. 자존감은 찾아보려 해도 찾을 수가 없었던 나의 삶이었는데, 내 인생 2막은 누구보다 화려하고 박수 받는 인생이 될 것을 나는 확실히 지금 만들어가고 있다. 나는 내가 원하는 그곳에 곧 도착할 것을 확신한다. 나는 IQ가 30밖에 안됐고, 지금까지 32가지 직업을 가져봤지만 그 분야에서 최고 1, 2, 3등 안에 들어 있었다. 다니엘이 하나님에 대한 믿음이 있었기 때문에, 하나님을 신뢰했기에 사자 굴에서도 살아남은 듯 나 또한 하나님을 100% 신뢰하기에 흙수저에서 벗어날 것을 확신을 가지고 믿는다.

나는 한 주일을 시간과 요일에 맞춰서 행동하고 움직인다. 그래야 버리는 시간이 없다. 누구나 24시간 똑같은 시간을 어떻게 활용하느냐에 따라 남은 삶이 달라질 것이다. 바쁜 사람은 놀면서도 바쁘다고 한다. 시간을 어떻게 하느냐에 따라 일하면서도 한가한 시간이 있다. 눈이 있으나 보지 못하고 귀가 있으나 듣지 못하는 자가 되지 마라. 누구한테나 경청할 준비를 해야 한다. 아이가 말하면 "아~ 그렇구나. 오~ 잘했다." 친구가 말하면 "그 정도였어? 말도 안돼? 그런 일 있었구나 세상에 몰랐네." 부모님이나 윗사람이 말하면 "아~ 네, 그러셨군요. 잘하셨어요. 놀라셨겠어요." 한다.

이 책은 내가 요양보호사 12년 동안 그분들과 소통하면서 경험한 이야기다. 나는 지금 매우 행복하다. 내가 하고 싶은 것을 하고 있기에 그렇다. 누구나 하고 싶다고 다 하고 살지는 못 한다. 결과를 만들어내야 한다. 지금 가지고 있는 꿈을 미래의 씨앗이라고 생각하고 일단 씨앗을 심어야 한다. 꿈에다 물 주고 가꾸고 다듬고 가지치기도 해야 한다. 그러다 보면 어느 시점에 그 꿈이 자라가고 있는 것을 발견할 것이다.

심어 놓은 싹이 나는지 확인도 해보고 오늘보다 내일은, 이번 달보다 다음 달은 더 나아져 있겠지 하고 믿는다. 나는 간절한 것은 심어놓는다. 최소한 나는 그랬다. 서점에 가서 내가 좋아하는 장르 책부터 눈에 띄는 대로 몇 권 사서 읽고 또 읽다 보면 '아~ 이거구나.' 무릎을 딱 칠 때가 있다. 이때 반드시 메모를 한다. 독서를 할 때는 반드시 작은 노트를 언제나 준비하는 습관을 가지면 좋다. 같은 문장도 읽을 때마다 느낌이 다를 때가 있다. 한번 온 그분은 같은 방법으로는 오지 않는다.

2

이제는 가장 먼저 나를 챙기며 살아라

82세 김병덕 아버님은 치매 환자다. 젊었을 때 농사를 어마어마하게 지으셨다고 하신다.

아버님이 치매 진단 받고 농사를 못해서 객지에 직장 생활하던 자녀들이 귀농해서 아버지가 짓던 농사를 모두 맡아서 한다고 한다. 도시에서 직장 생활하던 사람에게는 어려운 일이다. 김병덕 아버님은 낮에는 자고 밤에는 기저귀를 색종이 오리듯 찢어놓는다. 약을 먹여도 절대 딱 한 시간 정도 주무시고 일어나 앉아 차고 있는 기저귀를 쭉쭉 찢어서 온 방안에 구름 뭉치를 만들어 놓는다. 새벽녘에 따뜻한 물수건으로 얼굴부터 사타구니까지 닦아준다. 병덕 아버님은 화를 벌컥 내면서 "아니 내가 다 어떻게 책임지라고 하는 거야." "하하 책임 안 져도 돼요." "나는 그렇게 무책임한 사람 아니여."

아침 식사를 하고 이날은 목욕하는 날이다. 병덕 아버님 생각은 간호사한테 주사를 맞기 위해 엉덩이를 보여줬다면 그 간호사 책임져야 한다고 한다. 내가 물수건으로 사타구니 닦아주고 기저귀 채워줬다고 더 이상 책임 못지니까 냅두라고 한다. 얼마나 책임감이 강한 치매 아버님인지, 목욕하는데 그냥 잘 따라주면 훨씬 수월한데 말이다. 목욕하는데 또 책임 못 진다고 목욕하지 마라고 한다.

"아버님, 저만 책임져요. 아버님이 책임진다고 생활비도 주고 하셨잖아요. 그래서 제가 고기도 사 먹고 백화점 가서 옷도 사 입고 떡도 사 먹고 했잖아요. 저만 책임져줬으니까 제가 이렇게 서비스해드릴게요."
"고마워. 말을 진즉에 하지."
"앞으로 그런 말씀하지 마세요. 난 아버님 아시는 줄 알았지. 아버님, 다른 사람 책임지지 말고 저만 책임져주세요."

이렇게 목욕은 쉽게 마무리할 수 있었다. 며칠 후에 병덕 아버님 며느리가 아버님 좋아하는 밑반찬을 해가지고 왔다. 열무김치, 물김치를 가져왔다. 아버님은 올곧고 천사 같은 마음이며 순수하시게 사셨던 것 같다. 병덕 아버님은 건강했을 때는 오직 일만 하고 살았다고 한다. 젊을 때는 밭 한 뙈기, 논 한 마지기밖에 없었다고 한다. 평생 남의 농사에 조금 여유만 되면 논 한마지기, 밭 한 뙈기부터 사기 시작하여 어떤 해는 두 마지기, 다음에는 세 마지기 이러한 방법으로 60년을 농사 지으면서 3만 평 토지농사꾼이 되었다고 한다. 온전히 농사로 수익을 내어 임야도 사고 토지도 사고 했단다.

"그러면 뭐해요. 당신 좀 챙기며 살았다면 몸이 저렇게 저 정도는 아니지 않나." 하고 며느리가 안타까워했다.

며느리는 가고 저녁 시간이 되어 며느리가 해 온 반찬을 내어드렸다. 어찌나 맛있게 드시는지 나는 한참을 멍하니 바라봤다. 맛있다기보다 향수를 기리는 듯하다. '내 며느리, 내 새끼가 해온 거다.'라고 음미하며 드시는 듯했다. 내 생각이 맞았다. 치아가 몇 개 없는데도 며느리가 해온 거라면 좀 질긴 듯한 열무김치도 국물조차 안 남기고 다 드신다. 자주 해오면 좋으련만 워낙에 멀리 살고 농사 때문에 바빠서 자주 못 온다고 한다. 자신은 돌보지 않고 농사 지어 맘껏 토지만 사놓은 지금 당신한테 무엇이 도움이 되는지 안타깝다. 좀 덜 바쁘면 아버지 뵈러 자주 오련만…. 식사 마치고 양치질하고 기저귀 바꿔주고 이불 덮어드리며 주무시라고 했더니만 나보고 들어오란다. "병덕 아버님, 지금 다른 분들도 다 안 자고 보고 있는데 눈치도 없이. 먼저 주무셔요. 이따가 자면 갈게요." 옆에서 간호사가 그 소리 듣고는 배꼽 빠지게 웃는다. "요양사가 이제는 아주 노련해졌어요?" "간호사님. 그렇지 않으면 계속 시끄럽게 하는데 그렇게 조용히 생각을 덮어야지요." 이렇게 하루가 정신없이 가버렸다. 별 사고 없이 잘 넘어가 감사했다. 아무리 어려운 문제라도 불평으로는 절대 풀리지 않을 것이다. 다만 감사의 끈으로 풀면 쉽게 풀린다.

병덕 아버님은 치매라 해도 재활치료 꾸준히 하신 결과 치매가 멈춘 듯 더 나빠지지는 않은 듯 하다. 인지 재활 운동, 뇌운동, 같은 모양 찾고 같은 모양 끼는 것, 게임기반형 스마트 보행 등 반복적으로 오전 오후 나누어서 물리치료와 겸해서 꾸준히 하신다. 치매라 해도 아직은 스스로 걸어갈 수 있어 감사했다. 뇌신경이 손상되어 치매 말고는 신체적으로는 식사도 손수 드시고 재활치료도 처음에는 안 간다고 하더니만 지금은 아주 잘 따라 다니신다. 나는 아침마다 식사 전에 우리 방 환자를 놓고 매일 기도한다. 생각해보면 아주 감사하다. 아무리 어렵고 힘들어도 잘 넘기고 잘 넘어갈 수 있도록 해주시니 감사하고 축복이다.

김병덕 아버님은 물리치료도 병행하면서 하더니만 식사도 더 잘하고 첫째, 재활치료할 때 비협조적이었는데 제법 잘 따라 하신다. 이것은 놀라운 발전이다. 새로운 것은 잘 못하지만 날마다 하는 것은 하루 두 번도 잘 따라한다. 놀라운 변화이다. 이럴 때 케어하는 간병사들은 뿌듯한 보람과 감사를 느낀다.

아버님은 며느리가 김치 담아왔을 때, "빨리 회복하고 집으로 오세요."라고 한 말을 잊지 않았는지 아주 열심히 적극적으로 하시는 것이 놀라웠다. 나와 의료진은 사진 한 번 찍어봤으면 좋겠다고 생각하는데 본인은 나은 것도 아닌데 좀 호전됐다고 돈 들여 뭘 찍냐고 한다. 밤에 기저귀 찢는 것도 많이 줄었다. 어쩜 하나님 은혜인 듯하다. 이럴 때 힘들어도 살 만하다. 병덕 아버님한테 이런 말이 적절하다. 사과 따러 갔더니 감까지, 배까지 땄다고 말할 수 있다.

둘째, 근력이 좀 생겼다. 식사를 잘하시니 말이다.

셋째, 밤에 기저귀 찢는 것을 잊었는지 안 한다.

넷째, 헛소리를 안 한다. 이불 속으로 들어와서 같이 자자 했는데 지금은 안 한다.

원장님은 회진왔을 때 변화가 일시적일 수 있으니 두고 보다가 다음 달에 사진 한 번 찍어보자고 한다. 지금 병덕 아버님이 각별히 조심 해야 하는 이유는 환자들이 좋아졌다고 방심하다 사고가 생기기 때문이다.

어떤 분은 죽 드시다가 밥으로 드시기 시작한 지 3일 정도 됐는데 쑥떡, 인절미 먹고 싶다 해서 보호자가 사 와서 맛있게 급하게 드시다가 그만 급체를 해서 회복을 영원히 못했던 어머니도 보았다. 병덕 아버님도 넘어지지 않도록 식사할 때 손수 잘 드시나 더욱 신경 써야 한다. 3주 후에 며느리와 큰아들이 왔다. 나는 생각해둔 말을 조용히 전해줬다. 병덕 아버님이 지금 치매라도 가족은 기억을 하고 휠체어 탈 수 있으니 집에 한번 모시고 당신께서 농사 짓던 곳도 가보시라고. 누구보다 농사를 사랑하셨기에 남들보다 더욱 애착이 있을 것이라 생각한다고. 아버님은 내일보다 그래도 오늘이 더 건강하시기에 조금이라도 잔존능력, 기억이 남아 있을 때, 다녀오시는 것에 좋을 듯하다고 말씀드렸다.

"며느리가 만들어 온 반찬은 시어 꼬부라질 때까지 드세요. 맛있어 드시는 것이 아니라 향수를 그리며 드시는 것 같아요. 다른 기억은 잊어버리는데 고향의 향수를 안 잊고 그리며 느끼고 계시는 것 같아요. 다행히 요새 아버님이 재활훈련 열심히 하셔서 조금 호전된 듯합니다."
"그럼 오늘 모셨다가 다음 주에 올까요?"

원장님께 연락이 통과되어 각별히 조심할 것, 주의할 것을 당부 받고 모시고 가셨다. 나 또한 병덕 아버님 마음을 읽고 고향에 보내드린 것이 감사하고 뿌듯했다. 병덕 아버님은 세 번 자고 오셨다. "아버님, 잘 다녀 오셨어요. 별일 없었지요?"
"별 일 없었어."

며느리가 나에게 "대단합니다."라고 한다. "무슨 말씀이세요?" 밤에 똥을 싸가지고 난리를 쳤다고 하기에 과식을 하신 거 같다는 생각을 했다. 그래도 아버님 소원 성취하신 듯했다. 또 자녀들도 아쉬움 없을 것이다. 며느리가 가면서 도저히 우리 아버님 맡겨놓고 그냥 갈 수 없다고 봉투에 상품권을 주고 간다.

"고마워서, 감사해서요."
"아니에요. 저는 직업인데요."
"제가 모셔보니 알겠더라고요. 감사합니다."

3

자극이 되고 성장에 도움이 되는 사람을 만나라

38세 된 두 아이 엄마 이지현 씨가 이혼해야겠다고 한다. 이유는 남편이 같은 회사 이혼녀와 바람이 났다고 자존심 상해서 못 살겠다고 한다. 나는 충분히 이야기를 듣고 말했다.

"참 힘들겠다. 약오르고 분하고. 결혼한 지 10년차인데 뒤돌아갈 수도 없고 앞으로 직진하자니 참고 살기가 막막하지? 충분히 이해된다. 그렇다면 지금 이 상황에서 지혜롭게 대처하지 않으면 남은 인생 평생 후회하게 될 수 있어. 지현 씨. 남편 사랑하지?"

"네. 그런데 문제는 남편 마음을 가정으로 어떻게 돌아오게 하나 걱정이에요."

처음 결혼할 때 신혼방을 못 구해 처가살이를 했다고 한다. 그렇게 해 놓고 이제 살 만하니까 바람 피운다고 한다.

"지현 씨, 내 말 잘 들어. 남편하고 싸울 때 처가살이했던 이야기는 절대로 하지 마. 만약에 그런 말을 하면 남편이 상처 받고, 남편을 밀어내는 격이야. 그런 언어 조심하고 지현이 남편이 모델처럼 잘생겼고 똑똑하고 능력도 있기에 지현이도 좋아서 결혼했지? 그런 남편을 부담 없는 이혼녀가 유혹했겠지. 그래도 지혜롭게 잘 넘기면 주도적으로 칼자루는 지현이가 잡고 있는 거야. 약오르다고 배신당했다고 칼자루 마구 흔들면 모두가 다치고 상처가 평생 남을 수 있어. 만약에 이혼한다면 저렇게 혼자 살 자신 있어? 예쁜 아들 안 보고 살 수 있어? 위자료 얼마 받고 혼자 살면서 무엇을 하고 살래? 혼자 할 수 있는 일 호프집이나 커피숍? 아니면 나이가 있기에 직장 들어가기 쉽지 않아. 남편은 집에 오기가 불편할 거야. 그 남편이 찌질이라면 남의 여자가 넘보지 않아. 몰래 먹는 사과가 더 맛있다고 바람 피는 것들이 그 사랑이 평생 갈 줄 알고 지랄 떠는데 그거 잠깐이다. 그 이혼녀도 궁금하지만 만날 필요 없어. 자존심 상하잖아. 그렇게 안 되겠지만 전보다 더 현명하게, 지혜롭게 하라고. 시간이 약이야. 그런 일 없었던 것처럼 집에 들어오면 저녁 먹도록 준비해놓고 안 먹고 오면 차려주는 거야. 매번 저녁 반찬 맛있는 것 해놓았다고 매번 문자 보내면 그것도 족쇄라고 생각할 수있어. 그냥 지나가다가 누가 엉덩이 세게 한 대 때려서 맞았어. 그거 시간이 지나가면 치료돼. 맞는 순간 얼마나 아픈데. 그렇게 생각하고, 매일 마음의 편지를 써서 남편 꼭 볼 수 있도록 주머니에 넣어줘. 어쩜 매일 연애편지 읽고 쓰는 기분이 들 수 있으니까. 아이들하고 지내던 이야기, 당신하고 좋았던 이야기, 어제는 아들하고 있었던 이야기하면서 아들이 아빠를 자랑스럽게 생각한다는 말도 꼭 써주고, 아들이 무엇을 하고 싶다고 하고 꿈이 무엇이라고도 하고 자랑스러운 아빠를 닮고 싶다고 말했다고 쓰고. 참고로 아들한테는 물어볼 수 있기에 지현이는 아들한테 아빠가 최고라고 산교육을 시켜야지요. 회사에서도 대단한 일을 한다고 인식시키고 한 번에 많은 내용을 쓰는 것은 그다지 바람직하지 못하니까 쪽지 편지를 써서 주머니에 매일 넣어주면서 어제 넣어준 것 읽었는가 확인해보고, 문자로 보낼 수도 있지만 절대로 그건 아니에요. 애들하고 대화할 때 이야기 속에 아빠가 등장하도록 하는 것이 매우 바람직해요. 지현 씨 마음은 남편의 마음을 가정으로 완전 돌아오게 하는 작전이기에 아들의 마음을 사자는 것이죠. 이렇게 남편 마음을 집으로 오도록 해놓고 충분히 마음 돌려놓고 그때 바가지를 긁든 한번은 맞장을 떠야지. 그래야 내 마음이 좀 풀리지 않겠어? 그때는 남편이 미안해서 받아주지."

"정말 그렇게 될까?"

"일단 해봐."

그렇게 4개월 후에 지현 씨하고 만났다. 결과가 어떻게 됐는지 매우 궁금했다.

지현이말은 내가 알려준 대로 했단다. 남편의 반응이 궁금했다. 처음에는 두 달 이상은 쪽지 편지 읽고만 했는데 3개월 정도 되니까 답장을 써 우유팩에다 넣어놓고 출근했다고.

"편지 내용은? 얼른 말해봐라."
"처음에는 미안하다고 했고 다음 날은 순간의 실수로 내가 너한테 오점을 남겼는데 미안하다고."

그렇다. 이때까지만 해도 그 상간녀와는 정리를 못한 것이다. "그래도 매일 아들하고 있을 때 아빠를 아들 마음속에 끼어들게 해야지요."

지현 씨 남편은 아내 없이 애들 절대로 못 키운다고 한다. 그래서 더욱 이혼을 해도 좋은 아빠로 남고 애들은 엄마가 최고로 잘 키운다고 생각해서 양육권을 찾아올 수 있다. 애들 엄마가 애들을 제일 잘 키운다고 인식시키는 것이다.

"요새는 쪽지 편지 잘 주고받아?" 성질 급한 내가 또 물어본다. 남편 편지 내용은 '당신이 하자는 대로 한다.'라고 한다. 나는 자랑스러운 애들 아빠로 돌아왔으면 좋겠다고 했다. 지현 씨 남편은 염치 없지만 당신한 테 미안하지만 애들 아빠로서 실망하지 않게 자랑스런 아빠로 돌아갈 테 니 좀 기다려달라며 그리 늦지 않을 거라고 했다고 한다.

"잘했다. 이제는 심각하게 말고 애들 데리고 신앙생활 좀 해봐. 당신을 위해 기도하고 왔다고 하면서 편지에 써. 남편 생각에 '이 사람이 이렇게 날 위해 노력하고 있구나.' 라고 생각하게 말이야. 목사님 말씀 간략하게, 다음에는 성경말씀으로 쪽지로 보내고. 내가 시킨 대로 잘해줬으니 내가 읽기 쉬운 성경책 선물로 해줄게. 내가 장담하는데 남편 빨리 돌아오기 도 하지만 앞으로도 그와 같은 일은 없을 거야. 잘 견뎌와서 대견해. 잘 했어."

지현 씨 친정엄마가 내가 영업할 때 소비자이자 고객이었다. 아가씨 때 많이 봤기에 친정 엄마한테도 친정에 말하면 일이 커지니까 속상할까 봐 말 못하고 오래 보았고 편안해서, 상담을 했던 것 같다. 생각해보면 고맙게 생각한다. 인생의 기로에 있어서 황당하게 고민하다가 연락한 것 에 감사하다. 한 달 후에 지현이와 그 장소에서 만났다. 나는 매우 궁금 했지만 말해줄 때까지 기다렸다.

"지현 씨, 차 샀네."

"네. 남편이 차 사주고 회사 근처로 이사했어요. 50평으로. 요새 남편은 매일 내 성경말씀 쪽지 편지 받아보는 재미에 푹 빠졌어요."

"세상에, 잘했다. 축하해요."

마귀의 간계를 능히 대적하기 위하여 하나님의 전신갑주를 입으라(에베소서 6:11).

"요 말씀을 내가 큰 소리로 읽고 자주 보여줬지요."

"참 잘했네."

"이제 교회 가서 예배 드리자고 하니까 다음에 꼭 같이 간다고 약속했어요."

"참 잘했다. 내가 안아줄게."

"감사해요."

지현이는 나에게 작은 쇼핑백을 건네준다.

"스카프 하나 샀어요. 남편한테 말했더니 좋은 말 해줘서 고맙다고 선물하라고 해서 이거 좀 비싼 건데."

"예쁘네 고마워. 이렇게 하지 않아도 괜찮아. 앞으로 믿음 생활 잘하고 살면 됐어."

"기도할게요. 남편 승진도 했어요."

"축하할 일이 계속 생기네. 거봐. 참고 사니까 좋은 일 있잖아."

"얼마 전에 시부모님께서 알았어요. 걱정하셨는데 잘 넘어갔다고 했어요. 시어머님 말씀에 아들 보고 너는 그런 것까지 아버지 닮았냐? 하시는 거예요. 이게 무슨 소리인가? 했는데 시누이가 있는데 시아버님이 바람 피워서 낳아온 딸이라고."

이러한 사건만 아니면 몰랐다고 한다. 시어머니는 밖에서 낳은 딸이지만 본인이 낳은 딸처럼 키웠다고 한다. 그로 인해 시아버지는 집을 시어머니 명의로 해줬다고 한다. 나는 지현 씨 부부를 상담해줄 때는 정말로 별로 아무것도 몰랐을 때다. 그런데 지현 씨 부부가 매우 감사하고 만족한다는 것에 내게 이러한 달란트가 있는 것 아닌가 생각하게 되었다. 많은 영업을 하면서 배운 인생인 듯하다.

그녀는 신앙생활 열심히 하면서, 대학원에 간다고 한다. 아이들도 함께 공부하면서 책을 본다고 흡족해하는 것을 보고 대단하다고 생각했다. 엄마가 집에 오면 책부터 펴서 공부하며 자연적으로 환경을 만들어놓으니 온 가족에게 집은 독서방, 공부방, 대화방이 되었다. 저녁 먹고 샤워하고 8시부터 10시까지 TV도 안 보고 애들은 숙제하고, 아니면 책을 본다고 한다. "아주 좋은 현상이야. 이것은 남편을 일찍 오게 하는 작전일 수 있다." 두 달이 고비인 듯하다. 2개월 지나니까 습관적으로 공부하는 맛을 알았고 책을 보는 것 독서 습관으로 맛을 알았다고 한다. 참 감사한 일이다.

"큰아이가 학교에서 글짓기 쓰기 대회 나갔는데 금상을 탔다고 자랑을 해서 남편이 난리예요. 좋아서 회사에 다 자랑하고 책 읽고 독후감 쓰는 연습이 힘이 됐나 봐요."

"애들은 상상력이 풍부해서 조금만 서포트해주면 의외로 많은 것을 알게 되지."

"학교 갔다 와서 태권도 학원 갔다 와서 샤워하고 밥 먹고, 졸릴 수 있는데 처음에는 힘들어 했는데 지금 두 달 지났어요. 이제 완전 자리잡힌 것 같아요. 3개월째 들어서 큰아이는 학원 한 개 끊었어요."

"잘했네. 아주 잘한 거야. 근데 무슨 학원?"

"영어요. 남편이 수업해주기로 했어요."

"이거 완전히 호박이 넝쿨로 들어왔네. 돈 굳고 남편 제 자리로 오고 아이들 정서적으로 안정되고 매주 가족끼리 교회 가서 예배드리는 것만 하면 200점인데. 아직은 지현 씨만 빠지지 말고 교회 가서 가족 기도하고 온다고 암시적으로 심어주고 남편 있을 때 심방하도록 유도해. 나도 그랬어. 알았지?"

4

소중하지 않은 사람들에게 삶을 낭비하지 마라

뇌졸중 할머니를 케어하러 갔는데 할머니는 곱게 늙었다. 마음이 더 예쁘시다. 교회 가시는 날 목욕은 물론 머리도 고데기로 말아드렸더니만 할머니는 움직이면 머리 망가진다고 꼼짝도 안 하신다. 최고 예쁘게 멋지게 해드리는데 절대로 힘들다고 하지 않는다. 나이가 먹어도 예뻐 보이고 싶은 마음은 누구나 같은가 보다. 할머니는 나의 이름을 열 번도 더 물어본다.

할머니는 순한 치매가 좀 있으시다. 같은 것을 몇 번씩 물어보신다. 나는 처음 물어보는 것처럼 "아~ 네." 하고 대답한다. 그럼 할머니는 고마워하며 웃는다.

할머니 부부는 교회 다녀와서 피곤하신지 할아버지가 짜증을 내신다. 순간 할머니가 내 손을 덥석 잡는다. 두려워서다.

할머니 언니가 오랜만에 오셨다. 할머니는 냉장고에 있는 과일 모두 내오라고 하셨다. 언니가 오신 것이 참 좋은 듯했다. 말은 잘 못하지만 언니 손을 꼭 잡고 계신다. 서로가 아쉽고 보고 싶어서이다. 할아버지가 밖에 나가면 1시간도 채 되지 않아 할머니는 남편 언제 오냐고 재촉이다. "앞으로 2시간 이상 있어야 해요." 그럼 휠체어 타고 나가보자고 하는데 이것은 치매 집착이다. 이럴 땐 참 안타깝다. 치매병이기 때문에 집착하는 것이다. 이럴 때 가족은 참 피곤하고 힘들어한다.

할머니는 남편이 있는 곳으로 가자고 휠체어 타고 산책하러 공원으로 아파트 뒷길로 돌다가 남편 만나러 언제 가냐고 계속 물어본다. 그때마다 처음 물어 보는 것처럼 대답해준다. 할아버지 오실 시간이 되면 함께 들어오신다. 저녁 먹고 족욕하시고 나면 할머니는 내 손을 꼭 잡는다. "왜요, 무슨 할 말 있으세요?" 고개를 그냥 끄덕 끄덕하며 내 눈만 바라보신다. "말씀하세요." 작은 소리로 "고마워서." "뭐가요?" "네가 고마워서."라고 한다. 가끔은 힘들게도 하지만 오늘 같은 날은 감사하다.

보호자 할아버지가 배려해줘서 주 1회씩 복지관으로 영어 공부도 하러

가고 중학교 검정고시 공부도 시작했다. 생각해보면 보람도 있고 성취감
도 있다.

 할머니는 말도 잘 못하는데도 찬송가를 함께 부르면 한 시간 정도는
잘 따라 부른다. 할머니는 오직 찬송가밖에 모른다. 함께 찬양해줘서 고
마워하신다. 할머니를 케어하면서 시간만 나면 책을 보았다. 『누가 내
치즈를 옮겼을까?』, 『마시멜로이야기』, 『보물지도』, 『크게 생각할수록 크
게 이룬다』, 『모리와 함께한 화요일』, 『오체불만족』, 『확신의힘』 등을 읽었
다. 요양보호사 하면서 책을 본다는 것은 쉽지 않다. 내가 열정과 헌신으
로 케어하므로 그 점을 귀하게 보호자 또한 생각하는 듯했다. 그래서 성
취감을 느낄 수 있었다. 저녁을 먹고 안방에서 알아듣지 못하게 아들 오
라 하고 아들집에 가자고 한다. 할머니는 날마다 조금씩 치매로 나빠지는
듯했다. 어떻게 해야 좋을지 별다른 방법은 없었다. 시간 맞춰 약 드리고
식사 챙겨드리고 운동하며 산책하고 가족과 자주 식사도 하곤 했다.

 별 다른 방법은 없는 것 같다. 병마를 늦추려면 최대한 가족과 함께 하
는 게 좋다. 할머니는 가족 사진을 자주 보여주며 나에게 이야기해준다.
나는 여러 번 듣고 또 들었지만 처음 듣는 것처럼 리액션 크게 해가며 공
감을 하며 도와준다. 오늘은 금요일 복지관에 노래교실 함께 가보았다.
할머니는 그동안 이러한 문화센터를 가보지 않았기에 좀 어색하지만 맨

앞줄에 앉아 손뼉도 치고 마이크 잡고 함께 노래도 했다. 할머니에게 노래를 시켜보면서, 〈동숙의 노래〉, 〈개나리처녀〉를 좋아하실 것 같아서 신청하고 함께 불렀다. 세상에 할머니 목소리가 이렇게 컸나 내 귀를 의심했다. 열창을 하시는 것에 다른 분들 또한 박수를 치며 환호했다. 어찌나 감사하던지, 동영상을 찍어 보호자에게 보내주었다. 보호자 할아버지는 너무너무 기뻐하셨다. 기쁨이 충만해서 참 좋아하신다. 지금은 그런 자료들이 가족에게 평생 잊지 못할 추억이 되었다.

예수 그리스도로 말미암아 의의 열매가 가득하여 하나님의 영광과 찬송이 되기를 원하노라(빌립보서 1:11).

서로 공감대를 형성하지 못하면 장기간 병마와 싸워가면서 약을 먹어도 회복되지 않고 침체되어 있는 상태로 간다. 보호자들은 우울증이 오기도 하는 것 같다. 노인성 질환 환자의 가족과 보호자는 계속 약을 먹고 치료하는데 왜 이렇게 회복이 안 되냐고 한다.

조급해하면 빨리 지친다. 오늘 하루 살아 있음에 감사하고, 밥 먹을 수 있어 감사하고, 화장실에 잘 갔다 왔음에 감사하고, 우리 가족 볼 수 있어 감사하고, 가장이라면 아직 출근할 수 있어 감사하고 그래도 그 누군가에게 단 한 번이라도 선한 영향력 있는 행동을 했다면 그 또한 감사한 일이다. 인간은 어느 시기가 지나면 마음은 약해지고 육체는 쇠약해지고 성격은 조급해진다. 알고 보면 조급할 일이 아닌데 말이다.

오늘은 복지관에서 꽃꽂이하는 날. 할머니와 함께 갔다. 소반을 할머니 앞에 가져다놓으니 아주 좋아하신다. 아~ 오늘 꽃꽂이하는구나 생각하나 보다. 강사 선생님 눈을 맞추면서 "메인 꽃을 먼저 꽂으세요."라고 알려주면 순간 입꼬리가 올라간다. 꽃꽂이하기보다 환자 할머니가 표정이 어떻게 바뀌나 집중하여 보게 된다. 행복해하나 피곤해하지 않나 살펴본다. 집에 와서 소반 갖다 놓고 다시 배운 대로 꽂아보게 한다.

똑같지는 않지만 다소 잔존능력이 남아 있도록 관심을 가지고 케어하는 것 또한 요양보호사의 역할이다. 할머니는 잠깐 옆에 앉아보라고 하신다. "아파트 체육관에 가보자." "왜요?" 휠체어타고 체육관에 가보니 거기 할아버지가 계셨다. 할머니는 치매라 해도 남편의 동선과 시간을 정확히 알고 계시다. 그것이 사랑이라 할 수 있지만 더 정확히 말하면 치매성 집착이다. 어젯밤에는 제대로 잠을 못 잤다. 할머니는 계속 남편을 불러달란다. 그 남편은 너무너무 힘들어 죽을 지경이시다. 세포도 의식과 지능이 있는 존재라고 한다. 세포들도 정신과 하나가 되기에 치매 환자는 정신과 세포가 하나가 되지 않기 때문에 치매 진단받으면 회복이 어렵다. 뇌가 중앙본부라 치면 세포는 각 방마다 역할이 다르면서 각기 연결이 된다. 건강의 비결은 내 몸의 세포들이 자신의 일을 제대로 수

행하리라 믿는 데 있다. 건강하다고 나는 확실히 믿는다. 64세 나이에도 52세라고 생각하면 52세가 된다. 나는 왕성하게 활동한다. 그렇게 생각하고 상상하며 살기 때문인지 절대로 아픈 데도 없다.

우리 동갑내기 친구들이 12명 있는데 나만 빼고 11명이 암수술했다. 대장암, 위암, 유방암, 손목터널증후군, 디스크 수술 등 건강이 다들 위험하다. 나는 지금도 아파트 25층을 주 3번 정도 걸어 올라간다. 64세라고 생각하면 숨차다. 52세라고 생각하고 '이 정도야 뭐.' 하고 올라간다. 20층 정도는 무난히 걸어 올라간다. 80세 되신 건강하던 분도 '내 나이 80에 이제 힘들어.'라고 하면 진짜 힘들어 못 하고 아프기 시작한다.

나는 지금 평범한 의식 수준에서 의식 팽창을 뛰어넘어 내가 상상하는 대로, 나의 생각대로 변해 가고 있다. 나의 목표 지점에 도달하려고 집중하게 된다.

5

본업 외에 취미나 즐거운 일을 하라

나는 요양보호사로 근무하며 6일 근무도 있지만 월급이 작아도 5일 근무하는 곳으로 찾아 했다. 금요일까지 근무하고 오후에 집으로 온다. 바로 교회 가서 금요예배 드리고 토요일 오전에 가까운 산에 올라 갔다 온다. 점심 먹고 오후에 웃음치료실에 간다. 환자와 갈 때도 있지만 혼자 갈 때 아주 홀가분하고 진짜 행복하다. 그때 생각했다. '언젠가는 나만의 건강을 위해, 나만의 행복을 위해 편안한 마음으로 갈 때가 있겠지.'

아버지가 암환자인데 딸이 전국 노래자랑에서 우수상을 탔다고 한다. 딸은 노래를 아주 맛깔나게 부른다. 딸은 자원봉사도 한다고 한다. 매번 노래를 구성지고 맛깔나게 잘한다. 우울증 있던 사람도 이제는 약 안 먹는다고 자랑을 한다. 나 또한 5일 동안 환자 케어하기가 쉽지 않다. 그래도 웃음치료실에 갔다 오면 힐링이 된다. 저녁에는 반드시 들리는 데가 있다. 바로 서점이다. 책을 구입하든 하지 않든 일단 들려서 새로 온 무슨 책 있나 하고 본다. 꼭 사고 싶은 것, 읽고 싶은 것이 눈에 띄면 산다. 아니면 서서 몇 장 보고 온다. 이튿날 좀 일찍 교회에 간다. 좀 일찍 가서 교우 식구들과 교류도 하고 눈도장도 찍고 성전에 미리 앉아 기도도 하고 예배드리고 점심 먹고 집에 좀 쉬었다가 요양보호사 근무하러 온다.

5일 근무하고 2일을 최대한 알뜰하게 시간 활용하여 즐긴다. 다음 주부터 경매 학원에 가기로 등록하였다. 내가 언제까지나 요양보호사를 할 수는 없을 것이라고 생각하고 말이다. 첫날 수업은 경매 용어를 배우는데 도통 생소해서 무엇인지 잘 모르고 한 주 첫시간은 끝났다. 일요일 오후에 환자한테 갔다. 월요일은 목욕하는 날이다. 환자는 당뇨 합병증으로 두 발을 잘랐다. 신장 투석을 해야 하는 환자다. 내가 운전해서 신장 투석하고 와서는 피곤해서 꼼짝도 못 한다. 본인의 사업을 하는데 거래처 만나러 내가 운전하고 간다. 두 시간 정도 업무 마치고 집에 돌아오면 그날 일은 마무리다.

가끔은 아들이 와서 아버지 사업 함께 하고자 배운다. 그런데 아들에게 하는 말이 "병신 새끼야, 왜 이제 와. 내가 거래처 만나러 갈 때 함께 가자고 했는데 이제 오면 어떡해. 병신 새끼야." 분명히 이름이 있으련만 매사에 '병신 새끼'라고 한다. 말이 씨가 된다고 본인이 합병증으로 다리를 잘라 병신이 됐다.

"사장님, 아들 이름이 병신새끼예요? 왜 이름을 부르지 않고 병신새끼 하는 거요. 말이 씨가 되었잖아요?"

"완전 습관이 되버렸어요."

"나쁜 습관 고쳐야지요. 지금 부모님 살아 계시다면서요?"

"네." "다리 수술하고 부모님한테 한 번이라도 가보셨어요?"

부모님 뵌 것이 약 15년 이상 되었다고 한다. 부대에서 나오는 고철을 가지고 고물장사를 한다. 돈은 수백억 원을 벌었는데 가정에서는 완전 빵점 아버지에 아들이다.

금요일 오전에 환자 투석하고 나는 집으로 간다. 교회 갔다가 토요일 일찍 경매학원으로 달려간다. 이날은 물건 권리분석하는 것 배우고 적은 돈으로 재테크하는 방법을 배웠다. 토지나 전을 경매 받으면 건물만 인테리어하는 것이 아니라 전이나 토지도 인테리어를 해서 멋스러운 소나무, 단풍나무라든가 과일나무, 감나무 이러한 나무 몇 그루 심어놓으면 가격을 올려 받을 수 있다고 한다. 전원주택을 지을 수 있도록 말이다.

월요일 환자한테 가서 목욕하고 투석하러 내가 운전하고 간다. 2–3시간 있다가 늦은 점심 먹고 집으로 온다. 환자는 힘들어 꼼짝도 못한다. 화요일은 15년 만에 엄마를 만나러 가기로 했다.

"사장님, 왜 갑자기 엄마를 만날 생각을 하신 거요?"

"간병인 아줌마가 엄마 이야기해서 생각나서요."

"그럼 지금까지 엄마 생각을 안하고 살았나요? 지금 어머니가 이제 76세라면 아직 정정하시겠는데 그동안 어머님 용돈 한 번 드려봤어요?"

"아니요."

"세상에 돈이 수백 억이 있으면 뭐해? 본인은 장애인 되고 어머니에게는 불효하면서, 어머니가 아들 보지는 않아도 소식은 다 듣고 있으련만. 사장님이 제 말을 귀담아 듣지 않을 수 있지만 감히 제가 드리고 싶은 말이 있다면 어머님한테 용돈 좀 넉넉히 드리고 식사 한 번 대접하고 오세요."

"그래 볼 생각입니다."

부천에서 전라도 목포까지 내가 운전해서 어머님을 뵈러 갔다. 아들을 보고 말문이 막혀 말을 못하고 계속 울기만 하신다. 사촌동생도 만났다.

경제적으로 성공하는가는 몰라도 가정은 망했다. 본인은 다리 잘리고, 아내는 세 번이나 바꾸고, 이래도 돈만 있으면 성공했다고 할 수 있나 말이다. 목포에서 투석 한 번 하고 부천으로 올라왔다. 금요일 오후에 집으로 갔다. 역시 혼자 있는 집이 참 좋다. 참 감사하다. 토요일 오전에 경매학원으로 달려갔다. 오늘은 무엇을 배울까 궁금하면서 설렌다. 이날은 다가구 주택으로 낙찰 받아 임대료 받아서 노후 준비할 수 있는 방법을 배웠다. 권리분석하는 것. 대항력 확인하는 법, 낙찰 후의 절차들을 배웠다. 다가구주택은 1주택이라 세금도 많이 부담 없고 아파트 7억 정도 가격으로 다가구주택 4층 건물 낙찰받을 수 있다고 한다. 한 시간이 10분밖에 안 된 듯하다. 벌써 끝나고 오후에 경매 나온 물건 현장 답사하러 가봤다. 현장 답사는 안목 수업이다.

월요일, 간병인 출근해서 한 주 근무 시작이다. 오전에 병원에서 투석하고 점심 먹고 집에 오면 너무 힘들어 꼼짝도 못하신다. 다음 날 화요일에 거래처 간다고 아들을 부른다. 갑자기 부르는 바람에 30분 늦었다. 또 병신새끼로 시작이다.

"사장님, 멋진 말 놔두고 어째서 대책 없이 무식한 말을 애들한테 하는 겁니까?"
"아니, 간병인이지 내 마누라요? 내 마누라도 말 못해요."

"그 마누라는 무식한 남편 포기한 것이죠. 아내 되신 분도 옳고 그른 것 판단 못 해요? 하지만 생모가 아니잖아요. 아버지가 아들을 무시하니까, 새엄마도 무시하면서 관심 없는 것입니다. 아빠가 아들을 귀하게 해야지. 새 엄마도 그렇게 생각하고 배우고 따라가게 됩니다. 아들이 집에서 무시당하고 사는데 어디 가서 귀한 대접받겠습니까."

"사장님, 저는 단순 간병만 한다면 편안해요. 남들 듣기 싫은 말 하고 싶지 않아요. 하지만 제 성격은 그른 것은 절대 못 봅니다. 제가 스트레스 받지 않으려면 사장님이 긍정적인 언어 사용하시고 해야만 제가 잘 버텨낼 수 있습니다."

"한 번 노력해보지요."

"네, 그래요. 잘 결단하셨어요. 축복합니다."

아들을 불러서 10분 정도 늦게 도착했다. 순간 아버지는 "야!" 하는 순간에 내가 큰 소리로 "사장님." 하고 불렀다. 뒤돌아보는 순간 3초 지났다. 내가 아들한테, "아이고, 쪼메 늦었네요?" 하며 사장님을 바라봤다. 사장님은 "민석아, 부대 현장에서 타이어하고 고철거리 있다. 직원하고 가서 제대로 싣고 온나."

그 말을 듣는 아들은 고개를 갸우뚱하면서 정중히 다시 물어본다. 나는 사장님과 아들하고 대화할 때는 집중하고 바라본다. 순간 사장님은 윗입술을 앞으로 내민다. 나는 큰 소리로 "사장님, 커피 한잔 드릴까요?"

하고 묻는다. 나는 커피 드시라고 하는 소리가 아니다. 주의를 주기 위함이다. 사장님은 "네, 한잔 주세요." 그런 나의 행동은 사장님의 아들 앞에서 언어 조심하라고 하는 행동이다. 한 번 거친 말이 나오면 다섯 마디 중에서 세 마디는 욕이다. 그후 한 달 정도 지나니까 많이 스스로 조심하게 됐다.

"사장님, 억지로 고치려고 하면 잘 안돼요. 스스로 하고자 해도 쉽지 않아요. 예수님이 주시는 성령으로 은혜 받으면 한방에 끝나요."

"말도 안 돼. 노력해도 안 되는데 한방에 된다고?"

"노력해도 안 되니 한방에 될 수 있도록 딱 두 번만 가봅시다. 두 번 부담스러우면 한 번만 가봅시다? 심은 대로 축복받는 겁니다. 손자들한테 사랑받는 할아버지가 된다는 생각으로 가봅시다."

"그래요."

나는 아버님이 변화될 것을 확신한다.

6

나의 '쓸모'를 발견할 줄 아는 사람이 되라

전에 직장 동료인 동생, 차미현이가 엄청나게 기분이 좋아져서 찾아왔다.

"언니, 잘 있지?"

"응, 잘 있어. 웬일이야?"

"언니, 나 좋은 일 생겼다."

"무슨 일?"

"얼마 전에 페이스북을 오픈했는데, 거기에다가 상세하게 나의 삶 이야기들을 있는 그대로 올려놨는데, 어떤 사람이 계속 친구 요청을 해서 보니까 젊고 잘생겼어. 부담스러워서 차단했는데 다른 아이디로 또 친구 요청을 해서 창를 열어보니까 왜 자기 문자 무시하느냐고 따지더라고. '나는요, 당신 같은 사람 싫어합니다. 나보다 나이가 많이 젊고 잘생겨서 부담스럽습니다.'라고 했더니."

"했더니 뭐래?"

"그 사람은 사는 곳은 영국이고 미국 병원 정형외과 의사라고 하더라고요. 거주하는 곳은 미국 샌디에이고인데 근무하는 곳이 영국이라고 하더라고. 어려서 네 살 때 부모님과 이민을 갔는데 아버지는 본인 열여덟 살 때 돌아가시고 어머님은 그 충격으로 돌아가시고, 본인은 미국 정부에서 보살폈다고 했어. 나는 절대 부담스러워서 도저히 안 되겠다고 했더니 나이는 숫자에 불과할 뿐이라고 하더라고.

페이스북에 있는 내 사진을 보고 '아, 바로 이 여자다.'라고 생각했다네. 죽은 아내가 보내준 여자인 듯한 느낌이 왔다고 했어요. 자녀가 한 명 있는데 직장도 있고 그 어린 것을 어떻게 키웠냐고 하니까 오직 신이 인도하는 대로 키웠다고 하더라고요. 내가 남편 없이 아이를 키웠다고 했더니 그 글을 보고 집중적으로 대화 좀 해보려 했는데 내가 계속 본인 문자를 무시하니까 더 열 받았다고 하더라고. 그런데 그게 가능해?"

"첫 느낌이 그럴 수 있지. 본인이 찾던 그 여성이었다고 환상적인 말로 꾀는데 어쩜 진심인 듯도 하고. 미현아, 페이스북에 그런 사기꾼 많다고 하던데 조심해라."

"사람들에게 돈 벌어서 한국에 살기 좋은 고향으로 간다고 늘 그랬대. 부모님도 일찍 돌아가시고 아내도 교통사고로 잃고 살았는데 페이스북에서 아내가 '이 여자야.' 하고 말해주는 듯한 느낌이 왔다고 하더라고. 카톡으로 주고받고 영상통화도 한 번씩 하고 했어."

"그 사람은 많이 외로운데 모성애를 느낄 수 있는 여성이라고 생각해서 미현이한테 관심을 가질 수 있지."

"한국에다 투자하는 것이 꿈이라고 하더라고요. 언니는 어떻게 생각해?"

"지금 듣기로는 순수하고 좋은데 페이스북이 좀 건전하지 못할 수도 있지."

"언니야, 내가 믿지 못한다고 하면 그 사람은 이렇게 나에게 말해요. '신뢰는 사람들에게 매우 중요합니다. 일단 부러지면 다시는 갖기가 어렵습니다. 약속, 마음, 더 중요한 것은 신뢰를 어기지 않도록 해야합니다.' 라고."

"미현아, 신뢰가 간다. '당신은 아무것도 걱정할 필요가 없습니다. 나는 당신의 신뢰가 필요합니다.' 하면서 너의 마음을 주기를 원하는 것 같애. 그리고 '나는 절대 당신의 신뢰를 깨지 않겠다고 약속합니다.'라고 말하는 것 같네. 미현아, 너 어때? 그 사람 말대로 한다면 감사하지? 좀 더 지켜봐."

"사실은 지난번에 왔다 갔어."

"어떻게 왔다 갔는데?"

"내가 못 믿겠다고 하니까 와서 아파트 계약하고 갔어. 언니."

"누구 명의로?"

"공동명의로."

"아~, 그래, 잘했네."

"나의 웃는 모습이 본인을 행복하게 만들어준다나? 그리고 내가 믿음이 아주 좋은 여성 같아서 더욱 놓치고 싶지 않다고."

"그래, 미현이가 오직 예수님 은혜로, 성령충만으로 살기에 그분 또한 사진으로만이라도 그렇게 보일 수 있어. 미현아, 어쨌든 감사해야 겠다. 소중한 인연이 되면 참 좋겠다."

"내가 계속 믿지 못하겠다고 하니까 '사소한 일에 진리를 소홀히 하는 사람은 중요한 일을 맡을 수가 없습니다.'라고 해서 순간 이 사람을 다시 생각하게 되더라고요."

"미현아, 지금 나한테 결국 자랑하러 온 거구나?"

"자랑하러 온 것이라기보다 언니를 믿으니까 상담하러 왔지."

"그래, 잘 왔다. 미현이가 열심히 신앙생활 하더니만 멀리서도 사진으로 진심을 알아보고 연락을 해오는구먼. 어쩌면 너에게 좋은 기회인지도 몰라. 제대로 서로 신뢰하면서 지내봐.

"미현아, 네가 그렇게 힘들게 살 때 모든 것이 힘들었는데, 지금 네가 책도 많이 읽고 의식이 많이 상승되니까 거기에 맞추어 좋은 사람이 연결되나 보다. 미현아, 긍정으로 생각하고 우리 기도해보자."

"언니야, 고마워."

"그래, 미현아."

인생의 정확한 목표가 없는 것은 방황이라고 했다. 나는 정확한 목표를 잡았다. 하나님께 영광 돌리는 것이 나의 확실한 목표이다. 그래서 나는 절대로 좌절하지 않는다. 반드시 정상에 올라가 모든 사람 앞에 나도 이런 사람으로 해냈다고 말할 것이다. 가난도 하나의 병이라고 했다. 그 병을 이겨내려면 죽는 연습도 하고 죽을 각오로 준비해야만 한다. 피그말리온 효과는 긍정적인 기대나 관심이 사람에게 좋은 영향을 미치는 효과를 말한다. 나는 피그말리온이 내 뼛속까지 느껴지고 감지할 수 있도록 할 것이다.

그대가 가장 신뢰할 수 있는 유일한 힘은 스스로 생각하고 행동하는 힘이다. 나는 고난이 있었다는 것에 참 감사하다. 나 같이 스펙도 없고 백도 없는 사람에게 고난이 있었기에 고난 속에서 참 삶을 배울 수 있었다. 그것이 나의 재산이 된 것이다. 앞으로 어떤 고난도 기꺼이 받아들일 준비가 되어 있다. 감사한 것은 아직 건강하다. 나는 거기에 최고의 가치를 두고 초 절대 긍정적으로 살고 있다.

먹는 것, 잠, 나의 모든 것은 절대긍정이다. 긍정적인 사람은 한계가 없고, 부정적인 사람은 한계가 있다. 나는 이것을 경험하고 살아왔다. 긍정적이면서 목숨을 다하고 나의 마음을 다하고 나의 뜻을 다하여 나는 살아왔다. 나는 믿는다. 주님이 주시는 축복과 자유와 행복을.

나의 현실과 고통을 잘 견뎌내므로 지금의 값진 삶이 준비되었다고 믿는다. 나는 자부심으로 남은 삶을 재구성할 수 있으며 창조할 수 있어서 감사하다. 모든 일은 나로부터 시작하고 나로부터 발생한다는 것을 잊어서는 안 된다. 인간의 경험으로는 좋은 일은 작고, 나쁜 일은 크게 보일 뿐이다. 나쁜 일이 생기면 우선 당황스럽게 생각되면서 혼란에 빠진다. 당황하지 말고 그 옆에 좋은 일도 숨어 있다는 것을 기억해야 한다. 좋은 일부터 그 순간을 즐기면서. 물론 말처럼 쉽지는 않다. 그럼에도 불구하고 한 고비를 넘기려면 즐기면서 이겨내야 한다. 분명한 것은 이겨냈다면 훨씬 더 성장도 하고 성공에 한 발 더 다가가고 있다는 것이다. 자기 마인드와 의식을 키우면서, 안 좋은 일도 돌아보면 아주 작아 보인다. 적어도 내 경험엔 그랬다. 안 좋은 일쯤은 손가락 하나로 해결할 수 있을 만큼 별일 아니다.

내가 책을 쓰면서 깨달은 것은 그동안 나는 '내가 부족해서, 내가 잘 몰라서'라고 생각했기에 흙수저를 벗어나지 못한 듯하다. 책을 쓰면서 나는

IQ 30이라서 의식 확장이 필요하다는 것을 알았다. 나는 IQ 30이라서 주님의 도움이 필요하다고 생각하며 하나님의 축복을 간절히 구했다. 그리고 상상했다. 그것이 진정 현실이 될 것이다.

빌 게이츠는 "나는 유별나게 머리가 똑똑하지가 않다. 특별한 지혜가 많은 것도 아니다. 다만 나는 변화하고자 하는 마음을 생각하고 옮겼을 뿐이다."라고 했다.

모든 사람이 나에게 너무 단순하게 산다고 한다. 나는 그 점에 대해서 후회 없다. 단순하기 때문에 생각지도 못한 일을 당해도 무난하게, 지혜롭게 넘길 수 있었다. 천재 코치가 말했다. 아무리 복잡한 일도 단순화시킬 줄 아는 사람이 현명한 것이라고 말이다.

창조하는 사람은 그 누구도 아닌 바로 자신이다. 바로 자신이 삶의 조각가이다. 나는 가장 먼저 내가 원하는 것을 상상했다. 내가 원하는 그것을 끌어당기고 있는가, 밀어내고 있는가 분별력 있게 체크해야 한다. 자신이 원하면서도 내면적으로는 밀쳐내고 있지 않는지 자신의 내면을 제대로 들여다봐야 할 것이다. 나는 내 삶을 많은 사람들에게 알려주고 싶었다. 하지만 도저히 방법이 없었다. 나의 삶이 많은 사람들에게 동기부여가 될 수 있다고 나는 확신한다. 하지만 방법이 없었다. 그러다 우연히 유튜브 〈김도사TV〉에서 "성공해서 책을 쓰는 것이 아니고 책을 써야 성공한다."라는 문구가 나의 마음을 확 끌었다.

나는 책을 쓰기 시작하면서부터 "I am the I am." 이 말을 되새겼다. 순간순간 신께서 하시는 것에 감동하지 않을 수 없었다. 책 쓰기 코치 김도사의 응원도 정말 나를 힘이 나게 했다. 힘들 때마다 다시 의식 공부를 하면서 확신을 가져갔다. 김도사님이 추천해준 책을 집중하여 읽고 성경 말씀도 빼놓지 않고 읽으면서 원고 쓰기에 몰입하였다. 신기하게도 목차에 딱 맞는 원고가 생각나고, 실제적인 경험과 현실이 되어가고 있었다. 의식공부는 살아 있는 신이 주시는 응답이었다. 순간순간 소름이 끼칠 만큼 감동적인 체험이었다.

7

마지막일지 모르는 오늘을 귀하게 써라

아들 하나를 둔 김용숙 어머님이 위암 수술을 했다고 도와주라고 연락이 와 달려갔다. 그 어머님은 미혼모로 아들 하나만 바라보고 살았다고 한다. 생각해보면 한 많은 인생이다. 남편이 총각이라고 외롭다고 함께 살자고 하여 동거부터 시작해서 1년을 살면서 임신도 했고 세상에 가장 행복한 삶을 꿈꾸며 살았다. 그런데 어느 날 남편의 본처라고 하면서 찾아온 여자가 살림 다 때려부수고 죽지 않을 만큼 김용숙 어머님을 때리고 갔다고 한다. 그분은 낯선 시골에 가서 아들을 낳아 혼자 살았다고 한다. 아기를 키우면서 할 수 있는 것은 무엇이든 다 했다고 한다. 애기를 업고 생선 행상을 할 때 어떤 손님은 생선을 사고 돈을 안 주고 쌀을 줬다고 한다. 생선보다 쌀이 더 무겁다. 생선 팔러 갈 때보다 올 때가 더 무거웠다고 한다.

"세상에, 저도 우리 남편 사우디 갔다 와서 사업하다가 2년 만에 망해서 내가 7개월 된 아들을 업고 다니며 떡 장사 3년이나 해봤어요."
"그렇게 고생한 것 같지 않아 보이는데."
"살기 위해서는 해볼 수 있는 것은 다 해봐야지요."

우리는 서로 같은 어려움을 겪었다고 감정 소통이 더 잘되었다. 아들이 학교 가야 하기에 아빠한테 보내야만 했다고 한다. 그때 너무 힘들고 죽고 싶었다고 한다.

"안 죽고 지금까지 살아줘서 고맙고 잘했어요."

아들이 자꾸 제대로 밥도 안 먹고 몸도 말라서 이러다 애 죽겠다고 아버지가 어머니에게 다시 데려다줬다고 한다. 어머니도 아들이 너무 보고 싶어 우울증까지 오고 견딜 수가 없었는데 아들이 오면서부터 살아야겠다는 힘이 생겼다고 한다. 아들은 어머니한테 오면서 건강도 회복하고 뭐든지 열심히 하더니만 서울의대를 갔다고 자랑을 몇 번이나 했다. 아마도 열 번도 더 했던 것 같다. 나는 처음 듣는 것처럼 "아, 그래요. 대단합니다."라고 맞장구를 쳐줬다. 이 어머님은 남편도 없고 오직 아들 인생이 자신의 인생이라고 생각하며 살아온 듯하다.

아들이 대학 들어갈 무렵에 아버지는 어머니와 아들이 보고 싶어 그리워하다가 60밖에 안 되었을 때 집에서 나가 노숙자로 살았다고 한다. 어머님이 보고 싶어 밤에 가끔씩 왔다 가곤 했다고 한다.

어느날 아버지가 위독하시다고 큰어머니 되시는 분이 아들에게 연락을 해서 엄마하고 같이 오라고 하기에 아들과 같이 갔다고 한다. 아이 아빠는 전립선암으로 진단받고 치료도 하지 않고 폐인처럼 살았다고 했다. 몰래 와서 숨어서 아들과 부인을 보고 갔다는 것을 병원에 가서 알았다고 한다. 어리석고 용기 없는 사람. 남편은 그것이 마지막이었다.

김용숙 어머님은 날마다 내일은 없다고 생각하며 오늘만 산다고 했다. 굳이 요양보호사도 필요 없을 것 같다. 하지만 함께할 동역자가 필요한 듯했다. 나는 일주일 스케줄을 짜고 한 달 스케줄을 짜서 그 스케줄대로 움직인다.

용숙 어머님은 교회를 나가면서부터 마음이 편안해진 듯하다. 전에는 잠자리에 들어가면 한참을 엎치락뒤치락하며 쉽게 잠들지 못한 듯했다.

그러나 요즘엔 침대에 올라가면 10분도 되지 않아 잠이 들어버린다. 이 것도 감사하다.

행동하기 전에 생각해야 한다는 것이 사실이라면 마찬가지로 행동할 기회가 없을 경우 생각이 메마르게 되는 것도 사실이다.

용숙 어머님은 하와이에 함께 가자고 제안했다. 여권을 확인해보고 우리는 만반의 준비를 하여 하와이로 출발하였다. 콘도에서 하루 자고 조카가 하와이 산다고 해서 미리 연락해놓았더니 조카가 차를 준비해서 왔다. 우리는 와이키키에서부터 시작하여 하와이 일주를 했다. 하와이는 톨게이트가 없다는 것이 신기했다.

용숙 어머니는 우리가 또다시 앞으로 하와이에 오기는 어려울 듯하니 추억도 만들고 사진도 많이 찍고 최고 멋진 레스토랑에 가서 스테이크도 썰어보자고 했다. 영어는 조카가 있어 그리 어렵지 않았다. 최고 레스토랑에 가서 최고의 서비스를 받고 나왔다. 와인도 한잔 마시고 용숙 어머님은 지금 죽어도 여한이 없다고 했다. 당신 삶의 목표가 아들 대학 졸업할 때까지만 살 수만 있다면 좋겠다고 했는데 내년에 졸업한다고 뿌듯해하셨다. 그래도 아들이 여자친구 데려와서 같이 밥 먹고 같이 여행도 가보면 좋지 않겠냐고 내가 말했다. 며느리 들어와서 딸처럼 며느리한테 대접도 받아보고 살아봐야 하지 않겠냐고 했다.

"며느리가 들어와서 시어머니가 아프다고 하면 얼마나 안타깝겠어요. 그러니 시간표대로 잘 지켜서 건강하게 사세요."

어머님은 집에 와서 내가 그동안 해온 대로 매일 반복적으로 하시라고 시간표 짜주고 반드시 해야 할 것과 하지 말아야 할 것을 8개월 동안 함께했다. 모든 것을 메모해서 냉장고에 붙여놓고 잘하시라고 신신당부했다. 몇 달 후 잘하고 있나 안부차 전화해봤다. 고맙다고 맛있는 것 먹으러 오라 해서 갔다가 아들 장가간다며 청첩장을 주었다. 2주 후 결혼식에 참석까지 해서 아들의 결혼식도 봤다.

용숙 어머님은 아들 결혼시켜 놓고 사회복지사 자격증 따러 다닌다고 신바람이 났다. 이제 50대 중반, 암 수술했다고 아직 죽지 않았는데 무의미하게 시간을 보낼 수는 없으니 선택을 했다고 한다. 탁월한 선택이라며 축하해주었다.

우리는 다시 만났다. 완전히 다른 사람이 되어 있었다. 너무 행복해 보여 좋았다. 궁금했다.

"무슨 좋은 일 있어요?"
"하하, 네. 남자친구 생겼어요."

동갑인데 사별했고 딸 둘이 결혼했다고 한다. 사랑하면 예뻐지는구나 하는 생각이 들며 부러웠다. 예뻐졌다고 부러운 것이 아니라 남자친구 생겼다는 말에 부러웠다.

"어떻게 만났어요?"

"학원에서 봤지. 얼마나 열정적으로 수업에 집중하는지 눈에 잘 띄더라고. 그런데 그분도 나를 그렇게 봤다네."

"세상에, 완전히 필이 통했구먼."

"공부도 같이 도서관에서 하고 그분도 남은 인생 봉사하면서 살고 싶어서 공부한대요. 지난주에 여행을 갔다 왔는데 난 결혼도 행복하지 못했잖아요. 나를 왕비 대접을 해줘서 너무 좋았어요. 자기는 누구를 만나면 이렇게 해주고 싶었다고 하더라고요."

용숙 어머님은 너무 행복해서 자랑이 연발이다.

"경주로 여행 갈 건데 같이 갑시다."

"내가 방해가 되잖아요."

"무슨, 나는 언니하고 같이 간다고 생각하니 상상만 해도 좋구먼. 우리 하와이도 함께 갔다 왔잖아."

우리는 진짜 그 다음 주에 만나 경주로 갔다. 늦게 배운 도둑이 날 새는 줄 모른다고 늦깎이 사랑을 하게 되니 부끄러운 줄도 모르고 이렇게 당당할까 싶다. 사랑을 나누는 데 꿀물이 뚝뚝 떨어진다고 하는 표현이 이 두 사람을 보고 하는 말인 듯하다.

용숙 씨는 말하면서도 웃고 밥 먹으면서도 웃고 어떻게 보면 푼수같이 웃는다고 할 수 있는데 그 정도로 좋으니까 감정 표현을 바로 하는 듯했다. 용숙 씨는 늦게 행복이 터졌다. 그 남자는 아내와 사별하고 아내에게 제대로 못해준 아쉬웠던 것들을 용숙 씨한테 해주는 듯하다. 용숙 씨 역시 남편과 1년밖에 못 살았다고 한다. 남편의 사랑을 모르고 살았기에 더욱 값진 행복인 듯하다.

정말로 부러울 정도로 참 보기 좋았다. 무엇이든 계산하지 않고 하고 싶은 것 바로 행동하며 산다는 것이 우선 좋아 보인다.

당당하게, 자신만만하게 용숙 씨의 자존감은 급상승하고 있다. 무엇이 이렇게 만들었나 생각해봤다. 서로의 사랑과 배려가 있기에 가능하지 않나 싶다.

4장

죽음이 다가오는
순간에
깨닫게 되는 것들

1

나이 들수록 감정을 잘 다스려라

노환으로 노부부 돌봄이 필요하다고 연락이 왔다. 요양 등급 어머님 4등급, 아버님은 무등급이라고 한다. 아버님은 사업을 하셨다고 한다. 어머님은 간호사였는데 남편 내조하시느라 간호사 10년 근무하고 퇴직했다고 한다. 아침 식사를 마치고 내가 운전하여 복지관으로 출근을 한다. 두 분은 첫 시간에 요가 수업을 하고 다음 시간에 웃음치료 수업하고 복지관에서 점심 먹고 오후 시간에는 노래교실로 간다.

언제나 반드시 두 분이 함께할 수 있어야 한다. 한 분만 가게 된다면 두 분 다 안 가신다. 여러 가지 다양한 수업이 있지만 반드시 함께 갈 수 있어야 한단다. 그렇게 하지 않으면 아버님이 눈에 안 보이는 어머님 때문

에 온 신경이 날카로워져 어디서 무엇하나 하고 궁금해서 못 견뎌 하신
다. 사업하시면서 외국으로 출장 가서 10일씩 있다가 오고 지방에 출장
가면 2~3일은 보통이었다고 한다. 젊었을 때 아내의 잔정을 모르고 아
이들도 커가는 것 모르고 살았다고 한다. 지금 70중반 되서 사업도 아들
한테 물려주고 현직에서 완전 물러나니까 오직 아내 뒷꽁무니만 따라다
닌다고. 아버님은 본인 스스로 한심한 사람으로 생각하는 자존감 뚝 떨
어진 할아버지다. 어머님은 젊었을 때 힘들고 외로웠는데 그때는 사업한
답시고 외롭게 만들더니 지금은 내 뒷꽁무니만 쫓아다니며 귀찮게 한다
고 궁시렁거린다. 내가 어머니께 말했다.

"복지관에서 어머님을 엄청 부러워해요."

"나를?"

"네. 나이 먹어서 혼자라면, 어떻게 생각하면 편안할 수 있지만 반면에
너무 외롭잖아요. 외로운 사람들이 수명이 짧다고 하더라구요? 귀찮다
기보다 옛날에 못 한 것, 영화도 보고 연극도 보러 가고 하세요. 여행도
가시고 제가 운전해 드릴게요."

"그럼 다음주에 갑시다."

"네. 준비할게요."

내가 운전하고 강원도 일대를 돌았다. 속초에서 어머님과 아버님이 서

로 길을 잃었다. 서로가 찾으러 다니다 급기야 아버님이 스트레스로 혈압이 올라 쓰러졌다. 신속하게 119를 불러 속초 보광병원으로 달려 위급한 일은 겨우 넘어갔다. 순간이었다. 어머님이 소식을 듣고 병원으로 달려왔다. 어머님 생각은 같이 재래시장 구경하고 있는 줄 알았다고 한다.

"아버님이 어머님 찾으러 다니다 순간 안보이니까 옆에 있던 저에게 갑자기 짜증 내고 얼굴은 빨개지시더니 힘이 없이 걷다가 쓰러져 바로 119불렀어요. 7분 만에 와서 너무도 감사하지요."

응급처치하고 약 처방 받고 아버님 때문에 하룻밤 속초에서 자고 이튿날 집으로 왔다. 집에 와서 다니던 종합병원에 가서 다시 사진도 찍고 재검사했다. 시술하면 괜찮다고 한다. 바로 응급처치하는 바람에 천만다행이었다고 한다. 어머니가 애도 아니고 승용차 있는 곳으로 오실 텐데.

나이 들수록 언젠가 배우자가 떠날 수 있다라고 마음의 준비를 해야 하지 않을까 싶다. 서로가 조금씩은 내려놓아야지 하고 생각했다. 만약에 아버님이 아마 어머님이 승용차 있는 쪽으로 오겠지 하고 느긋하게 마음먹고 승용차에서 기다렸더라면 아무 문제 없었을 것이다. 이 노부부를 누가 말릴까.

집에 와서 매일 족욕을 하였다. 족욕 시작한 지 두 달 이상 되자 어머님이 많이 좋아지셨다. 온도와 시간을 잘 지켜주셔서 더욱 더 효과를 본 듯하다. 어머님 좋아진 것을 보고 하기 싫다고 종종 빼먹으시던 아버지도 이젠 적극적으로 하신다. 아버님은 족욕하는 것조차 따라 하신다. 딱 어린애처럼 말이다.

노부부는 다음달부터는 각자 다른 수업을 등록하였다. 어머님은 노래교실을 등록하고, 아버님은 악기 오카리나 수업을 등록하였다.

저녁 먹고 각자 배운 것을 공유한다. 아버님은 오카리나를 연주하고 어머님은 배운 가곡을 불러본다. 강원도 여행 갔다 올 때, 응급실에 다녀오면서 아버님은 많은 생각의 변화가 있었는 듯하다. 따로 수업을 받는 것이 놀라웠다. 어머님이 가곡 '그리운 금강산'을 부르면 아버님은 오카리나 연주를 하신다. 나는 동영상으로 찍어 가족들에게 보내주었다. 환상의 커플이라고 난리다.

그 다음주에 아들이 주황색 커플티를 선물로 사왔다. 아들이 사 온 커플티를 입고 그리운 금강산을 날마다 연습하신다. 한 달 정도 연습하시니 어느 정도 숙지가 된 듯 자신감이 생기셨다. 또 아리랑에 도전하셨다. 순간 노부부에게 이런 재능이 있었나? 하고 의심하게 됐다. 얼마나 감동인지 모른다. 한 달 정도 연습하여 마스터하고 복음성가 '나의 등 뒤에서'를 배우기 시작하여 3주만에 마스터하였다. 세 곡 마스터하고 내가 제안했다.

"한 곡 더 마스터해서 네 곡 정도로 복지관이나 요양원 이런데 봉사하면 참 좋겠어요. 아버님 어떻게 생각하세요?"

노부부는 신바람 났다.

"'어메이징 그레이스(AmazingGrace)' 아버님, 이 노래 어때요? 왜냐하면 가곡 '그리운 금강산', 민요 '아리랑', 복음성가, 그리고 외국 노래 하나 불러줘야 오~ 하면서 감동할 겁니다. 어떻게 생각하세요?"
"아주 좋을 것 같아요."
"2주 후에 교회 가족찬양대회 먼저 참석해서 하나님께 자랑하고 봉사하러 갑시다."

이 노부부는 최상의 행복을 맞이한 듯 매우 좋아하신다. 어찌 이 부부만이겠는가. 이 부부가 언젠가부터 다리 아프다는 소리를 하지 않는다. 물리치료도 가끔 하지만 매일 족욕을 빠지지 않고 했던 결과인지 모른다. 지금은 가슴이 뛰는 봉사를 할 생각에 매우 설레고 있다. 무엇이 노부부를 변하게 만들었을까 고민해봤다. 어쨌든 참으로 감사한 일이다. 생각은 삶에 있어 매우 강력한 영향을 미치면서도 지치는 법이 없다. 작은 욕심 하나 내려놓으면 생각이 바뀌고 삶이 지치지 않는 열정으로 변해버렸다. 다리가 아팠는데 너무 좋아서 아픈 것을 모르는지 아니면 나았는지 나 또한 너무도 보람 있고 감사하다. 어메이징 그레이스(AmazingGrace)를 날마다 두 달 정도 연습을 한 듯하다. 외국어라 그런지 좀 어려웠다.

"어머님, 좀 어려우시면 뽕짝을 해볼까요?"
"아니, 조금만 더 연습해보고."

결국 며칠 더 연습하여 자진해서 교회 가족찬양대회에 참석하셨다. 많은 연습을 하신 탓인지 전혀 떨지도 않고 매우 잘하셨다. 다음주는 복지관 노래교실에서 각자 배운 것을 부부가 함께 공연했다. 어머님은 노래하시고 아버님은 연주하셨다. 아들이 사다 준 커플티를 입고 말이다. 환상의 커플이었다고 박수와 환호 소리가 터져나왔다. 어쩜 젊은 부부였더라면 그 정도 환호의 함성은 아닐 수도 있었다.

그 날 복지관에는 신장이 안 좋아서 겨우 왔다고 하는 젊은 사람이 있었다. 수술을 해야 하는데 수술비가 없어 못하고 있다는 말에 아버님이 귀가 쫑긋하게 집중해서 들으신다.

"가족이 없어 할머니하고 살아?"하고 물어보신다.
"엄마가 미혼모였는데 7년 전에 사고로 돌아가셨습니다. 할머니는 아파트 청소하세요."

"너는?"

"고등학교 졸업하고 아파서 취직도 못하고 있어요."

"언제부터 아팠는데?"

"2년 됐어요."

"이름이 뭐니?"

"명식입니다. 소명식."

"명식이는 꿈이 있니? 하고 싶은 것 있어?"

"돈 많이 벌어 할머니 호강시켜드리는 겁니다."

"명식아, 네가 수술하면 건강할 수 있지?"

"네. 하지만 수술하기가 쉽지 않아요."

"왜?"

"수술 비용이 너무 비싸요."

"명식아, 기도해보자. 비싸도 하나님이 하시면 할 수 있어. 네 전화번호 좀 줄래?"

아버님은 무슨 계획이 있는 듯하셨다.

복지관에서 부부가 한 쌍의 그림같이 참으로 멋있었다는 소문이 나서 요양병원에서 초청공연이 들어왔다. 분명 이것은 기적이 아닐 수 없었다. 이 노부부는 완전 신혼살림이다. 아버님의 이기적인 성격이 완전 바껐다. 어머님이 목을 아껴야 노래도 잘할 수 있다고 저녁에 오면 제일 먼저 따뜻한 유자차를 타서 이쁜 찻잔에 담아 어머님께 바친다. 어머님이 힘들면 당신도 못 간다고 생각하시나 보다. 내가 서비스해드리는 것보다 아버님 서비스가 더욱 좋은 듯 내가 가져다드렸을 때와는 표정부터 완전 다르다. 그러실 만하다. 다름 아닌 남편이 타다 주니 말이다. 어쨌든 어머님은 아버님과 노래한다는 이유로 남편에게 최상급 공주 대접 서비스를 받고 사시는 것이 대단히 놀라운 일이다.

　노부부 아드님한테 전화가 왔다. "요양사님, 잠깐 봬요." 나는 언짢은 마음으로 집 앞 약속 장소로 갔다.

　"이렇게 오시라 해서 정말 죄송합니다."

　"궁금하니 얼른 말씀하세요."

　작은 봉투 하나 내밀면서 "요양사님, 감사해서요." 한다.

　"그래서 그만두라고?"

　"아니고요. 우리 아버지가 많이 바뀌셔서요. 전에도 사람 써봤지만 아버지 이기적인 태도에 상처받고 그냥 가셨어요. 지금은 아버지가 열정적으로 신나하셔서 저희도 너무 감사해요."

　"아버지께 회사 만년회 때 공연 좀 부탁해보세요."

　"요양사님, 참 좋은 생각입니다. 이래서 요양사님 고맙다는 것이지요."

　"나는 그렇게 생각해주시는 것만으로 만족합니다. 공연 신청할 때, 아버님께 현금으로 흰 봉투에 공연료 준비해주세요. 어머님, 아버님에게 격려와 용기를 주기 위해서요."

3주 후에 아들 회사 만년회 때 공연을 위해 날마다 연습에 연습을 하셨다. 아버님은 예쁜 박스를 준비하셨다. 팻말하나 준비하고 '신장 수술 모금'이라고 써서 세워 놓고 사장인 아들한테 받은 공연료를 상자 속에 먼저 솔선수범으로 기부했다. 아버님은 "어려운 젊은 청년이 수술을 해야 하는데 수술비가 없어 생명이 죽어갑니다. 여러분들이 하루 커피 한잔 덜 마신다고 생각하고 기부하시면 감사하겠습니다." 하셨다.

마침내 만년회를 시작하고 직원들은 식사를 즐기면서 아버님의 오카리나 간주를 시작으로 '그리운 금강산'부터 시작하여 '아리랑'에다 복음성가 '나의 등 뒤에서', '어메이징 그레이스(AmazingGrace)'까지 불렀다. 앉아서 듣는 사람이 한 사람도 없었다. 모두 일어나서 심취한 듯 감상했다. 이것은 주님의 감동적인 축복이다. 어떤 직원은 감동의 눈물도 흘렸다. 주황색 커플티에다 회색 바지에다 생각만 해도 멋진 그림이 그려지지 않는가. 모든 직원들이 부러움과 존경의 표현을 멈추지 않았다. 끝나고 기부 박스를 열어 본 순간 또 한번 감동이었다. 수술비를 다 내고도 120만원이 남는 돈이었다고 한다. 병원의 협찬도 많은 도움이 되었다. 역시 하나님께서 하셨다.

2

생의 마지막에서 간절히 바라는 건 소소한 행복이다

65세 위암 환자 오정미 어머님이 도와달라고 급한 소리로 연락해왔다. 30대 후반에 남편과 이혼하고 멕시코로 이민을 가서 교민들 상대로 오직 돈을 벌 수 있는 일이라면 물불 안 가리고 했다고 한다. 곗돈을 모아 일수 돈 장사도 하고 어려워서 돈을 못 갚으면 돈을 받을 수 있는 수단을 총동원해 받아냈다고 한다. 나는 악하게 했을 것이라고 짐작했다. 타국에서 본인이 살기 위해 얼마나 발버둥쳤겠나. 조금은 가늠이 된다.

어쨌든 돈은 많이 벌었다고 한다. 돈은 많이 벌었겠지만 많은 사람들에게 원한과 핍박을 받았을 것이다. 몇년 동안 계모임과 일수로 목돈 만들어 중국에서 옷을 수입하여 골라골라 흔들어 파는 장사를 했다고 한다. 그때 당시 멕시코는 그러한 장사 방식이 생소하여 폭발적인 인기를 누려 가게 몇 개를 개업했다고 한다. 그동안 아이들은 외톨이로 자라면서 아빠도 없이 엄마 그림자만 보고 자랐다고 아쉬움에 눈물 짓는다. 유방암으로 5년 전에 수술하고 잘 견뎌왔는데 다시 위암으로 전이되어 너무 억울해한다. 생각해보면 억울해할 필요가 없다. 오직 돈만 보고 살아왔기에 당연하다. 한 번 유방암으로 경고 받았다면 최대한 욕심을 내려놓고 아직 살아있음에 감사하고 소소한 것에 감사를 느껴본다면 참된 행복이 온다는 것을 나는 경험했다.

자신의 몸을 챙길 겨를도 없이 인생의 모든 것을 오직 돈에만 걸고 집중하면서 살아왔기에 처음에 유방암도 그냥 우습게 넘어갔다. 지금 위암에 수술도 어렵다고 한다. 돈을 많이 번들 몸이 병들면 무슨 소용 있겠는가 말이다. 멕시코에서는 위암 치료하기 위해 가게 한 개 팔아도 부족하다고 한다. 정미 어머님은 염증으로 인해 항생제를 계속 맞아야 하는데 내성이 생겨서 격리 병동으로 옮겨가서 간병하기도 영 어렵다. 정미 어머님은 왜 내가 내성이 생기냐고 따지고 묻는다. "그것은 정미 어머님이 그만치 몸에 면역력이 떨어져 항생제 맞아도 치유가 잘 안되는 거라고 하네요. 왜 치유가 안 되느냐고 불만을 말하지 말고 그냥 믿으며 내려놓고 운동하며 좀 기다려봅시다."

아픔도 병마도 사람들이 겉모양이 아니고 깊은 속마음을 보고 평가하듯이 우선 긍정적인 생각이 먼저다. '나도 회복할 수 있다.'라고.

정미 어머님은 주사를 맞아도 약을 먹어도 바로 회복되길 바라면서 부정적인 재촉이다. 어머님이 초 절대 긍정으로 바뀐다면 분명 회복이 훨씬 빠를 것이다.

"어머님은 아직 자녀들하고 통화할 수 있고, 환경이 어렵지만 돈 없어 걱정할 정도는 아니지 않나요?"

"그렇지."

"생각해보면 감사하네요. 그죠?"

긍정적인 생각과 건설적인 생각은 아무리 많이 하고 또 해도 결코 아깝지 않다.

무서운 질병이 나에게 왔을 때 어떻게 함께 가느냐, 어떻게 떨쳐버리느냐가 중요하다. 질병이 나에게 왔다며 담대하게 받아들이면 병과 함께 가는 것도 방법이 될 수 있다. 그러다 보면 어느 시점에 질병이 작아지기도 하고 없어지기도 하는 것을 직접 본 경험이 있다. 날마다 오늘만 살 것처럼 시간을 아끼고 죽기 전에 해보고 싶은 것 체크리스트로 만들어가며 실천하다 보면 질병이란 그 놈이 아주 미세하게 작아질 수도 있다. 전에 내가 돌본 환자 중에서도 꽤 여럿 봤다.

정미 어머님은 잠을 잘 못주무신다.

"어머님 감사하세요. 아들 볼 수 있어 감사하고 통화할 수 있어 진심으로 감사합시다."

작은 감사가 어머님의 작은 변화다. 밤에 잠을 잘 못 잤는데 이제는 편안하게 잠을 잘 수 있다. 나도 웬일인지 모른다. 잠을 잘 자니 면연력도 증가가 되나 보다. 잠이란 성장에도 도움이 되지만 질병이 치유되는 데도 위대한 역할을 한다. 정미 어머님은 이민 가 있는 동안 돈 때문에 많은 사람과의 부정적인 악감정이 아주 많이 마음속에 자리잡고 있는 듯하다. 치유가 되려면 그러한 감정부터 바꿔줘야 할 것 같다. 부정적인 사람이 긍정적으로 변하니 잘 듣지 않던 항생제를 투입하여도 잘 듣고 치유가 되는 듯하다. 정미 어머님의 한 번의 감사, 두 번의 감사가 잠을 잘 잘 수 있게 하고 치유되는 쪽으로 길을 열고 있다는 생각이 들었다.

"간병 아줌마."
"네?"
"생각해보면 이혼하고 아들 둘 데리고, 그 때 살 길은 그것밖에 없었기에 악착같이 열심히 살았다고 자부심으로 여기면서 살았는데, 그게 잘한 것이 아닌 것 같어."

"왜 그런 생각하게 됐어요?"

"글쎄, 뒤돌아보니 우리 애들이 중고등학교 때 낯선 곳에서 외국어도 잘못했는데 얼마나 힘들었을까 안타깝고 좋은 추억이 한 개도 없네요."

"지금이라도 애들하고 자주 통화하고 며느리에게 사랑한다고 말하고 하시면 좋겠어요. 시간을 아끼세요."

"어떻게 아끼는데? 시계를 붙잡아요? 하하."

"사람이 모든 한계를 이겨내려면 승리했다는 확신. 나는 회복할 수 있다는 확신을 뇌에서 가슴까지 세포 하나하나에 퍼뜨려야 해요. 건강한 자신감과 용기, 희망을 온몸 구석구석 꽉꽉 꽂히도록 전달해야 해요. 경제적인 어려움을 벗어나려면 풍요, 돈과 자유, 번영을 집중적으로 생각하고 무능하고 부정적인 핑계 따위는 집어치워야 해요. 질병도 같은 맥락으로 하면 가능해요."

'나는 암 걸린 사람이야. 나는 힘들어.'라고 하면 그것을 뇌에다 각인시키는 것이 된다. 그와 반대로 발전적이고 즐거운 생각을 하는 연습을 반복적으로 해야 한다. 생각의 진동이 온몸으로 퍼져나가도록 희망과 건강의 전율을 온몸으로 쭉쭉 발산하라. 인간은 자신이 믿고 생각하는 그대로 만들어진다. 본인의 능력을 점점 크게 확장시킨다. 이렇게 시간이 지나면서 자신 안에 쌓인 힘이 내가 원하는 목표를 이루기 위해서 하나로 뭉쳐지게 한다. 결론은 나의 잠재의식이 나를 반드시 돕는다고 한다. 정미 어머님도 처음에는 부정적으로 매사에 불만족하였는데 어느 시점에 긍정적으로 바뀌고, 매사에 작은 것도 감사로 바뀌었다. 전에는 담당의사가 오면 "항생제가 안 맞아요. 밥맛이 없어요. 기운이 없어요." 하셨는데 이제 식사도 잘하신다. 긍정과 부정이 이렇게 큰 차이가 있다. 오후에 큰며느리가 왔다. 어머님이 많이 뵙고 싶어 왔다고 한다. 고마운 일이다. 멕시코에서 왔는데 고부간에 많은 얘기 좀 하라고 나는 자리를 비워주었다.

정신에는 우리 스스로가 인정하는 한계 말고는 어떠한 한계도 없다.
  ㅡ 나폴레옹

누구나 뿌린 대로 거둔다고 했다. 정미 어머님 역시 엄청난 불평과 불만으로만 살아왔는데 그냥 행복을 바란다면 어불성설이란 말이 아닐까 생각해본다. 나는 불평불만은 꿈에서도 하지 말라고 한다.

어쩜 하나님의 은혜인지도 모른다. 부정에서 긍정으로 바뀌는 것은 분명 주님의 축복인 듯하다. 사람이 변화를 생각할 때마다 감사를 붙인다. 두뇌의 구조가 바뀐다는 의미이다. 긍정의 생각으로 바꾸면서 행동력도 적극적으로 수동이 아닌 능동으로 부정에서 작은 감사로 큰 축복으로 변화되고 있다. 정미 어머님은 자신의 변화를 며느리한테 자랑하기 바쁘다. 며느리는 "네. 어머님. 감사해요. 변화하고 잘 견뎌주셔서 감사해요." 한다.

며느리가 임산부라서 오래 있을 수 없었다. 가면서 "어머님, 40일 후면 손녀딸이 태어납니다. 그때는 건강한 몸으로 뵙겠어요."라고 인사했다. 정미 어머님은 꿈과 목표가 생겼다. 최소한 3개월은 버텨줘야 한다. 딸이 없어 손녀딸을 기다렸는데 진짜로 손녀란다. 얼마나 흥분된 표정인지 전에는 날마다 운동할 때마다 신경질이었는데 깜짝 놀랄 일이다. 며느리가 멕시코에서 4개월 만에 와서 반갑기도 하지만 손녀딸을 출산한다는 말에 기쁨이 넘친다. 며느리가 청량제 역할을 하고 갔다. 나 또한 이 이상 감사할 수 있을까 생각해봤다. 멕시코에 가기 전까지는 친척집에 가 있으면서 매일 오겠다고 한다. 이보다 더 큰 효도가 있겠는가. 정미어머님은 며느리가 돌아가기전에 눈에띄게 좋아졌다는 것을 보여준다고 운동은 물론 식사도 적극적으로 하면서 잘 안 보던 성경책에도 집중하신다. 이튿날 아침 담당의사 회진 때 의사선생님은 매우 만족하는 표정이다. 다음주 일단 퇴원하셔도 가능할 것 같아요.

그 다음주에 아들들이 멕시코 가게는 종업원한테 맡겨놓고 마지막으로 엄마를 보러 왔다. 잠깐 외출증을 끊어 가까운 레스토랑에 가니 손자까지 아들 둘과 며느리가 다 모였다. 이거야말로 경사다.

여기서 오정미 어머님은 그저 가족과 함께 있으면서 좋은 추억 만들고 작은 것 하나하나까지도 소중히 여기고 감사할 것이다.

자녀들이 엄마에게 준비해온 선물이 있다고 각자 주머니에서 봉투 하나씩을 꺼낸다. 엄마한테 하고 싶은 말, 서운했던 것을 편지로 써 준비해왔단다. 큰아들은 엄마가 처음 아빠하고 이혼하고 멕시코에 가면서 자기들을 데려간 것이 고마웠고 감사했다고 한다. 엄마였기에 지금 우리가 이렇게 살 수 있다고 한다. 서로 사랑하는 진심이 느껴졌다.

작은아들은 편지 읽으면서 아빠하고 헤어지면서 서운했지만 아마도 아빠하고 살았다면 우리 거지가 됐을 거라고 한다. 처음 멕시코는 너무 무섭고 낯설고 싫었지만 시간이 지나니 그제서야 엄마의 사랑을 깨달았다고 한다. 사춘기가 심했는데 엄마가 무서워 표를 못 냈다고 한다.

"엄마, 나 그때 너무 무서웠어."

"우리 아들 그랬구나. 엄마는 정신 차리고 너희들하고 어떻게든 살아야 했기에 정신 없었지. 그래도 지금 와서 생각해보면 하나님께서 위로해주기도 했어. 감사한 일이지 뭐."

"어머님, 저도 준비했습니다."라며 며느리가 읽는다.

"어머님 저는 오직 남편 하나 믿고 친정이 서울인데도 불구하고 멕시코로 남편 따라간 것이 내가 한 것 중 제일 잘한 것이라고 생각해요. 또 어머님과 얼마 안 살아봤지만 어머님의 따뜻한 사랑 감사해요. 어머님, 조금만이라도 저희들과 함께할 수 있도록 견뎌주세요. 사랑합니다."

3

좋은 욕심도 지나치면 모자람만 못하다

75세 되신 차영숙 어머님께서 노환으로 힘들어 도와주세요 한다. 나는 점심 먹고 달려갔다. 어머님은 젊어서부터 과수원과 부동산업을 했는데 개발이 되어 땅값으로 엄청난 보상도 받고 많은 값을 받고 팔기도 하여 200억 원 이상 재산을 모았다고 한다. 남편은 땅 사놓고 15년 전에 돌아가시고 자녀는 3남매가 있다고 한다. 큰딸은 이혼하고 집에 와 있고, 둘째 아들은 날마다 피씨방 가서 죽치고 살고, 막내아들은 사업을 하는데 맨날 실패만 한다고 한다. 성공하는 사업을 해야 하는데 사업 시작해서 좀 힘들면 고비를 넘기지 못하고 못 버텨내고 때려친다고 한다. 때려치고 다시 다른 것으로 시작한단다. 무슨 일이든지 쉽게 얻어지는 것은 없다. 어머님은 과수원 농사 지으면서 동네에서 누가 땅을 판다고 하면 대출을 받아서라도 기필코 그 땅을 샀다고 한다. 영숙 어머님은 75세신데 해외여행은 물론 국내여행 한 번 못 가봤다고 한다. 그래도 아직은 보편적으로 건강한 편이시다. 100명의 부정적인 사람이 있어도 1명의 자신감과 긍정의 힘이 있으면 그 100명을 이겨낼 수 있다. 미국 발명가였던 풀턴은 클레몬트 호를 타고 허드슨 강을 거슬러 올라갈 수 있었다. 가능했던 이유는 풀턴의 자신감이다. 많은 사람들이 실패할 것이라고 장담하면서 구경꾼들이 야유를 보냈지만 확신을 가지고 자신감으로 전 세계가 자신을 비웃어도 나는 할 수 있다는 확신으로 모험을 이어갔다.

결국은 풀턴이 옳았다. 영숙 어머님은 아들에게 건물을 물려주고 지역에 아파트가 들어와 재개발로 인해 보상을 아주 많이 받았다고 한다. 이것을 보고 나는 생각했다 축복받을 그릇을 준비하여 갈고닦아야 한다고. 땅을 팔면서 세금이 엄청나게 나와서 학교를 짓는데 일부 땅을 기증하여 세금 혜택도 보았다고 한다. 기증하는 것보다 세금이 더 많아서 그 지역 시장님이 이렇게 하라고 권장을 했다고 한다. 큰아들은 중고등학교때 왕따로 따돌림 받고 학교도 안 다니며 허구헌날 PC방에서 게임만 하며 살고 친구도 없이 살았는데 어머님은 오직 땅 사는 데에만 목숨 걸고 사신 듯했다.

"내가 어렸을 때 너무 가난해서 굶는 것은 기본이고 물로 배 채우며 살았지. 그래서 나로 인해 가난은 끝내버려야지 하고 땅을 샀지. 우리 애들에게는 더 이상 가난을 물려주지 않으려고 했는데 세상이 우리 애들을 망쳤는지 우리 애들이 저렇게 될지 누가 알았겠어."

"누가 그래요? 세상이 바뀌면 거기에 발 맞춰 살기 위해 서로 톱니바퀴처럼 자신들도 변화하고 바뀌어야 한대요. 어머님이 돈에 집착하기보다 자녀들한테 제대로 밥은 먹었는가 사랑을 받고 자라는가 물어야 해요. 청소년 때는 미성숙한 때라서 스스로 하기보다 부모의 사랑과 관심을 먹고 자란답니다. 어머님, 과수원 과일나무도 그냥 놔두면 맛있게 먹을 수 있어요? 아니죠? 사람도 마찬가지에요. 우유 먹을 때 우유 줘야 소화할 수 있죠. 밥 주면 소화 못 합니다. 유년시절에 맞는 사랑과 소통하는 방법이 있고 청소년 시기 때의 사랑과 소통방법이 있습니다. 그것을 못 받으면 마음과 생각에 병이 드는 사람이 많습니다. 그때 그때 밥도 먹어야 하지만 사랑과 관심, 배려하는 것도 부모가 먹여줌으로써 함께 배워가는 겁니다."

큰딸은 이혼하고 와서 그 허전함을 채우기 위해 쇼핑을 위해 태어난 사람처럼 쇼핑 중독이 되었다고한다. 듣고 보니 이것은 병 수준이다. 사업하는 아들도 만약 어머님이 재산이 없어 그것이 마지막이라 생각하고 목숨 걸고 했더라면 몇 개 중 하나는 성공했을 것이다. 누가 이 자녀들을 이렇게 만들었을까. 돈은 많아도 마음과 생각이 건강한 자녀가 하나도 없으니 말이다. 너무도 안타까웠다. 큰아들은 결국 마약까지 손을 대서 교도소까지 가게 되었다. 영숙 어머님은 화가 났다. 영숙 어머님은 전 재산을 사회에 환원하였다. 자녀들하고 상의도 없이 말이다. 자녀들과 함께할 수 없기에 요양원으로 들어갔다. 누가 이 어머님을 이렇게 하도록 만들었을까?

200억 되는 전 재산을 사회에 환원했다고 텔레비전에도 나오고 신문에도 나오고 하니 자녀들이 찾아와 빌고 협박하고 했다고 한다. 어머님은 이렇게 할 것을 짐작하고 요양원으로 가신 듯하다. 어머님은 한동안 말이 없으셨다. 나는 생각했다. 지금 어머님은 비통한 심정으로 가슴을 치며 울고 있구나 하고 생각했다. 영숙 어머님에게 무슨 위로의 말을 전해준들 어떻게 위로가 될까? 나도 우리 애들 혼자 키우며 사춘기 때는 많이 울었다. 영숙 어머님 마음을 다는 아니지만 조금은 알 것 같다.

영숙 어머님을 이대로 놔두면 병이 날 것 같기에 교회에 함께 가서 함께 울고 기도했다. 어머님은 울다가 결국 실신하셨다. 목사님께서 축복 기도 해주시고 한참 있다가 일어나면 개운할 거라 하셨다. 영숙 어머님은 일어나시자 다시 무릎 꿇고 기도하기 시작한다. 결혼하기 전에 교회 다닌 적 있는데 결혼해서 너무 가난해 벌어먹고 살기 바빠서 못 갔다고 한다. 다시 목 놓아 울며 기도를 시작한다. 그날이 저녁 심야기도회이기에 다행이다. 어쩜 모두가 기도를 열정적으로 하기에 집중해서 기도를 할 수 있었다. 회개기도부터 아들 사랑하지 못한 것, 돈을 너무도 사랑한다고 남편을 진심을 다해 섬기지 못한 것을 용서해달라고 하면서 회개한다. 영숙 어머님은 200억보다 더 큰 것을 얻은 셈이 됐다. 큰아들이 마약으로 교도소 가게 됐다는 소식을 듣고 마음을 다쳤지만 하나님께 회개하고 편안한 마음으로 돌아왔다.

며칠 뒤에 큰딸이 쇼핑을 끊고 그동안 쇼핑으로 모아놓은 명품을 죄다 팔고 막내동생 회사에 가서 함께 일한다는 소문을 듣고 어머님 표정이 밝아지셨다. 하지만 내가 말렸다. "지금은 놔두고 기도하세요. 어머님은 계속 기도만 하세요." 막내아들 회사 일이 좀 어려웠는데 고비를 잘 넘기고 주문량이 늘어나 신입직원을 더 모집했다고 한다. 어머님 표정이 밝아지셨지만 "어머님, 자녀들이 찾아올 때까지 기도하세요." 했다.

어머님이 믿음으로 바로 서니까 자녀들도 바뀌고 아직까지는 막내아들 사업도 순탄하다. 나는 생각해봤다. 어머님이 좀 즐기면서 재산이 조금만 있었더라면 아니면 재산이 없었다면 힘은 들어도 아이들이 패륜아로 살지 않았을 것이라고 생각한다. 어머님은 그 재산 모으느라고 소처럼 일만 하고 살았는데 자녀들은 재산 탕진하면서 패륜아가 되었다. 이

가정을 어찌하면 좋을까. 부모는 오직 일만 한다. 옛날에는 그랬지만 지금은 밥만 먹고 못 산다. 밥만 먹고 소통은 물론이고 사랑 또한 찾아볼 수 없고 배려라고는 구경도 못 해본 듯하다. 큰아들 중고등학교때 왕따로 학교도 제대로 못 가다보니 학업 성적도 형편 없고 PC방에서만 살다시피 했단다. 아들은 의욕도 없고 꿈도 없고 아무런 목표도 없고 즐거움도 없고 하니 마약 주사를 맞은 듯하다.

가난이 어쩜 최고의 조력자이자 좋은 친구이자 최고의 재산일 수 있다. 옛 속담에 소도 언덕이 있어야 비빈다고 했지만 비빌 데가 있으면 좀 수월할 수는 있지만 무일푼으로 스스로 개척해서 꿈을 가지고 목표를 세워 하나하나 벽돌 쌓듯이 올라가면 절대로 그 자녀도 실패하지 않을 것이다. 목표를 보면서 자녀들도 함께 소통하면서 배려도 배우고 나눔도 배우게 하는 것 같다. 영숙 어머님은 자녀들과 좋은 추억도 없다. 기쁨도 느껴보지 못했다고 한다. 어쩜 영숙 어머님의 자업자득인지도 모른다. 이 많은 재산이 이 가정에 독이 되어버렸다. 너무도 안타깝다.

대단한 성공은 분명 강력한 자신감이며 불굴의 헌신과 노력으로 나온다고 한다. 이것은 명명백백한 법칙이다. 자신감은 바로 자신에게 있고 잃은 것도 자신이다. 부모가 없는 고아도 자신이 살아 남기 위해 기쁨도 맛 보고 실패도 맛 보고 누군가에게 사랑도 받아봤을 것이고 누군가에게 배려도 받아봤을 것이다. 하지만 영숙어머님 자녀들은 전혀 그와 같은 것을 경험해보지 못했다.

하다못해 편의점 알바라도 해봤더라면 돈 벌기가 얼마나 어려운지를 알았을 것이다. 그러면 이 정도까지는 안 되지 않았을까 생각해봤다. 진정한 행복을 누릴 수 있는 것도 내가 만들어가는 것이다.

너의 재능이 있는 곳에 너의 과제도 있다.
— 독일 속담

자신감은 위대한 지도자로서 내가 가야 할 길을 안내한다. 가장 비참할 때도 그 누구의 위로보다 나의 자신감을 찾아야 한다. 자신감 속에 희망이라는 녀석도 숨어 있다.

몇달 후에 아들과 딸이 엄마를 찾아왔다. 엄마와 아들은 말이 필요 없었다. 서로 끌어안고 울기 시작이다. 누가 무엇이 이 가족이 변화되게 만들었나 생각해봤다. 막내아들 사업이 처음보다 두 배나 확장되었다고 엄마한테 자랑하고 칭찬받고 인정받아 보려고 온 듯하다. 200억 가지고 살 때 보다 지금이 훨씬 더 행복하지 않나 싶다.

"어머님, 200억에 연연하지 마세요."

"안 해요. 그 돈은 이미 내 안에서 불타버렸어요."

어머님이 큰아들 면회를 갔다. 아들이 죄송하다고 미안하다고 용서해
달라고 하면서 빌면서 울었다고 한다.

"아들아, 네 잘못이 아니고 이 에미 잘못이었단다. 나를 용서하려무
나."

어머님 역시 울었다.

4

지금 이 순간을 사랑하라

55세 되는 문정숙씨는 결혼도 안 하고 동생들 뒤치다꺼리하며 사는 동생인데, 얼마전 치매를 앓던 부모님이 돌아가셨다고 연락이 왔다. 자신 하나 희생하면 온 가족이 행복하다고 자부심 가지고 열정적으로 삶을 누리며 살았던 정숙 씨. 정숙 씨는 일등 신붓감이었다. 적어도 내가 보기엔 그랬다. 결혼했다면 어땠는지 모르지만 지금 정숙 씨는 시골 마을에서 동네 이장을 맡고 있다. 치매인 엄마를 돌보면서도 얼마나 열정적으로 동네 이장 일을 해내는지 똑소리가 난다고 칭찬이 자자하다. 지금은 엄마가 돌아가셨으니 시간이 남아 방송대학에 접수했다고 폭풍 자랑을 한다. "언니 만납시다!" 정숙이는 꿈과 희망이 가득 찬 얼굴이었다. 정숙이는 좋은 일이 있어도 만나자고 연락하고 나쁜 일이 있어도 연락해서 만나곤 했다. 무엇이 정숙이에게 항상 비전과 희망을 갖게 하는지 보기만 해도 뿌듯하며 대견하다. 정숙이 성격을 말로 표현한다면 잘 익은 사과라고 표현하고 싶다. 잘 익은 마음은 누구든 이해하고 배려한다. 달달한 사과라는 표현은 힘들고 어려운 사람을 웃게 만들어준다는 뜻이다. 사과의 새콤한 맛을 표현한다면 약간의 새침떼기 기질이 있다는 뜻이다. 전에는 몰랐지만 이번에 눈치챘다. 근데 왜 결혼을 못했을까. 음식도 잘하고 이 정도면 일등 신붓감이라고 생각했는데 나의 생각과는 다른가 보다. 정숙이는 방통대 사회복지학과를 등록하고 천하를 얻은 것처럼 신나는 얼굴이었다. 정숙이는 항상 에너지가 넘쳐서 힘든 사람에게 영양을 준다. 어느 때 보면 애가 푼수처럼 좀 이상할 때도 있다.

"정숙아. 무슨 좋은 일 있니?"

"언니, 아침마다 기도하고 하나님 말씀대로 살았어요."

"아, 그렇구나 나는 네가 원래 성격이 퐁퐁 뛰는 사람인 줄 알았지."

"언니, 생각해 봐. 나 하나 희생하면 다 행복하다고 했지만, 나도 사람인데 내가 첫 사랑 오빠하고 결혼 못 하고 그 오빠를 정말로 믿었는데 부모님 반대로 다른 여자하고 결혼하니까 남자에 대한 환상이 깨져버리더라고."

"그랬구나. 나는 네가 속이 깊어 물어보기도 조심스러워서 내가 추측만 할 뿐 못 물어보고 했다. 아침마다 교회 가서 기도하고 말씀 대로 살고 신바람나게 사는 진리가 있었구나. 축하한다."

"언니, 공부가 너무도 어려워."

"얘가 공부가 어려운지 이제 알았니?"

정숙이는 나와 함께 중학교 검정고시 동기이다. 그때도 학원에서 제일 예뻤다. 심성도 얼굴도 가장 예뻤다. 엄마 돌아가셨을 때 찾아뵙지 못한 것이 늘 미안했다. 정숙이는 의식 안에서 행동한다. 모든 것을 우주에게 명령하고 자기 환경에 현실이 되도록 끌어내리고 사는 듯하다.

"언니, 나는 기도하고 응답 주실 것을 믿고 일을 진행해버려. 예를 들어서 중국집에다 짜장면을 시켰다면 그 짜장면 먹으려고 기다리고 있잖아. 근데 시켜 놓고 배고프다고 밥 먹어요? 아니지? 그와 같이 하나님께 기도하고 응답 주실 것을 믿고 그냥 시도해."

"정숙아, 어디서 그러한 믿음이 나오니? 대단하다."

"그땐 우리 엄마 치매로 몇년 고생했는데 우리 엄마 회복하게 해주세요라는 기도는 안 되더라구요. 내 생각이 먼저 치매라 어려울 거라고 부정적 생각을 가지고 기도하게 되나봐. 다른 기도는 잘되는데 그 기도는 잘 안 됐어."

"정숙아, 차라리 네가 목사해라. 신학교로 가."

"언니도…, 목사 아무나 되나?"

"아무나 안 되니까 네가 할 수 있는 거지. 정숙아, 사회복지사자격증 따면 하나님 일할 수 있다."

"언니, 나는 아침 기도할 때 오늘은 어디서 무엇을 해야 하는지 명령을 받고 나와. 오늘 언니 만나는 것도 하나님께서 계획하신 일이야."

주님은 경험을 통해서도 메시지를 보여주시기도 한다. 때문에, 사소한 경험이라도 무시하지 마라. 언젠가는 그 작은 경험이 고귀한 그분의 메시지라는 것을 깨달아 탁 무릎을 칠 때가 올 것이다. 사람은 누구나 다 똑같다. 누구는 더 특별하고 누구는 더 소중한 것이 아니다. 모든 순간도 소중하고 모든 사람도 다 귀하다. 나는 오직 흙수저에서 벗어나기 위해 나의 모든 것을 바꿔야 한다는 것을 어느 순간 깨달았다. 먼저 생각부터 초 절대 긍정으로 바꿔야 한다. 나는 무슨 한이 그리 많은지 말만 하면 운다고 걱정스런 말을 들었다.

언어부터 바꾸기 시작했다. 책을 큰소리로 읽거나 TV 속 아나운서가 뉴스 진행을 할 때 나도 또박또박 반복적으로 따라 했다. 내가 울면서 말을 한다면 상대방은 어이없다 생각했을 것이다. 지금은 많이 고쳤지만 아직도 급한 소리를 할 때면 그 버릇이 약간은 남아 있다.

주님은 내가 필요한 것을 이미 알고 준비하시는 듯하다. 그래서 더욱 감사하다고 기도하게 된다. 하나님께서 미리 일어나지도 않는 일에 대해 응답을 주실 때가 있다. 책을 쓰기 시작할 때도 김도사 만나러 가기 전날 꿈으로 보여주셨다. 아직 만나지도 않은 사람들이 꿈에 나왔다. 그분들은 꿈에서도 끝까지 나를 도와주곤 했다.

다른 삶을, 다른 인생을 살고 싶다면 과감한 다른 선택은 물론 거기에 따른 결정을 분명히 내려야 한다. 나는 항상 부족하고 변변치 못하다 생각하고 살아왔다. 하지만 이러한 부정은 환경에서 온다고 한다. 나는 절대로 환경을 보지 않는다. 나의 환경을 보면 희망과 비전이 보이지 않기 때문이다. 사람들의 사랑은 변해버린다. 하지만 하나님의 사랑은 펼치고 열어서 풀어주고 치유하는 에너지가 있다. 나는 하나님의 사랑과 믿음을 확실하게 믿을 것이다.

5

내가 죽은 뒤에 사람들이
뭐라고 할까 신경 쓰지 마라

71세, 송준호 아버님은 교장선생님으로 현직에 있다가 위암 진단을 받고 조기퇴직하셨다고 한다. 연락을 받고 다음 날 아침 일찍 달려갔다. 아내도 3년 전에 자궁경부암으로 돌아가셔서 암이라는 병에 트라우마가 있는 듯하다. 암환자에게 두려움과 염려는 제일 상극이다.

나는 준호 선생님이라고 불렀다. 서울에서 근무를 했지만 암진단 받고 귀농을 하셨다. 자녀도 딸이 둘 있지만 이미 출가하여 학부모라고 한다.

"준호 선생님, 암환자라고 웅크리고 있으면 절대 안 돼요. 즐거운 일을 찾아서 열정적으로 하시다 보면 생각과 삶에 강력한 영향을 미쳐 결단코 쓰러지지 않아요."

송 선생님은 마을 이장을 맡고 계신다. 무언가에 도전해보려고 자진해서 하셨다. 경로당에 매일같이 들려 별일 없는지 체크하신다. 본인도 70대 할아버지지만 경로당에는 80대, 90대 어른도 계신다고 한다. 경로당에 못 나오시는 분들도 찾아뵙고 별일 없나 체크하신다.

오후에는 조손 가정이었던 집에 할머니가 돌아가셔서 손녀딸 둘만 사는데, 학교 갔다 돌아올 시간에 맞춰 가봐야 한다고 한다. 맨 윗집에는 장애인 아들과 엄마가 살고 있다. 또 한 집엔 다문화가정으로 남편은 장애인, 아내는 베네수엘라 사람으로 딸 하나 키우면서 살고 있다고 한다. 다문화가정은 어울리지 않을 것 같지만 행복하게 산다고 한다. 남편이 아내를 얼마나 소중히 여기는지 배워야 한다고 말해준다. 나는 말도 안 통하는데 어떻게 소통할까 참 궁금했다.

"송 선생님, 제가 김치 좀 맛있게 담아 볼 테니까 그 어려운 집에 좀 같이 가져다주면 어때요?"
"참 좋지요."
"힘들어서 할 수 있겠어요?"

"할 수 있는 데까지만 하지요."

다음 날, 고추도 갈고 정성을 다해 맛있게 담고, 반찬 한 가지 더 두부조림을 했다. 두부조림은 하기가 쉽지 않다. 그래서 손녀딸 둘이 사는 집과 다문화가정은 두부조림을 먹을 기회가 없었을 것이다.

두부를 부쳐서 양념 간장 소스 만들어 간장 소스에 부쳐서 다시 중불에다 조림해야 한다. 우리도 맛있게 먹고 배추김치 작은 통으로 한 개씩 담았다. 아침부터 서둘러 했더니만 학교 갔다 올 무렵에 가져갈 수 있었다. 동네지만 차에 싣고 가야 한다. 먼저 장애인 가정에 들렀다. 두부조림하고 김치를 내놓으니까 어머님이 눈물이 글썽글썽한다.

"오늘 저녁은 밥 맛있겠어."
"다음에 또 가져다 드릴게요."
"고마워요."

아들도 "고마워요." 한다. 손녀딸과 할머니 둘이 사는 집은 먹으려고 밥상 차렸는데 아주 신김치와 고추장이 반찬 전부다.
"이름이?"
"네, 선미에요."
"내가 너희들 먹으라고 반찬해왔단다."

"너무 맛있어요. 감사합니다."

서둘러 다문화가정으로 갔다.
"저랑 이장님께서 김치를 담아왔어요. 두부조림하고 먹어봐요."
"세상에, 너무 맛있어요."

다문화가정 남편은 소아마비 장애인이라 말하는 데는 문제가 없었다. 남편하고 16살 차이지만 사는 데 불편함은 없다고 한다. 두부조림을 한쪽 집어 아내 입으로 먼저 쏙 넣어준다. 아내 눈이 빤짝빤짝하면서 남편을 바라보고 양쪽 엄지손가락을 치켜올린다. "굿~!" 하면서. 우리는 한참 웃고 김치를 올려놨다. 김치도 한쪽 뚝 떼서 아내 입으로 쏙 넣어준다. 양쪽 엄지가 쭉~ 올라간다. 문화가 달라도, 나이 차이가 있어도 각 풍습이 달라도 이집 부부는 남편이 양보하고 헌신하는 듯하다. 매우 행복해보인다. 선생님과 나는 집으로 왔다. 선생님은 나에게 오늘 참 수고 많았다고 하신다.
"네, 저는 건강한 사람이라 괜찮습니다. 오늘 많이 힘들었지요?"
"좀 힘들었지만 너무 행복했습니다. 나는 미처 생각 못 했는데"
"힘든 일이라 못하시지요. 저는 제가 할 수 있기에 해본 거지요."

다음 날 읍내 장날이라고 장터에 가보자고 하신다. 장터는 동물농장에 온 듯했다. 산토종닭부터 토끼, 오리 등 정말이지 없는 게 없다. 할머니가 텃밭에 심은 것으로 만들어 장날만 판다는 잔치국수를 우리는 점심으로 먹어보기로 했다. 큰 가마솥에다 멸치육수를 내서 호박채 썰어 김가루 부셔 넣고 해주셨는데 정말이지 기똥차게 맛있었다. 두고두고 잊지 못할 것 같다. 과일 좀 사고 가지와 감자도 사고 집으로 왔다. 나는 오늘 장터에서 사 온 야채로 내일 반찬 만들 것을 준비하였다.

오후 시간에 송 선생님에게 "어제 야채 사온 것 8천 원 들었습니다. 이 반찬 어제 그 집에 가져다주면 어떨까요? 이렇게 나눠먹고 봉사하니까 기분 좋으시죠? 이렇게 기쁜 마음에 열정으로 하시다 보면 암도 잊고 살아요."라고 했다.

"그래요. 내가 암환자라는 것을 잊고 있었네요."

"시골에서 뭐하시겠어요. 농사 짓는 것도 아니고 그런 봉사라도 해야지요. 선생님, 저도 반찬 만들어 선미네, 다문화가정, 장애인 모자 가정 집에서 맛있게 먹는 것 생각하면 매우 행복하고 감사해요."

"요양보호사님 가면 누가 하지요. 가만히 보니까 1만 원 정도면 네 집 먹을 반찬 두 가지 정도는 합니다. 이렇게 시작해놓고 끝나면 실망하는데…. 꾸준히 해야 하는데."

"제가 있는 한 일주일에 두 번 정도는 해드릴게요."

"고맙습니다."

"선생님, 제가 이렇게 하는 것은 선생님 회복에 도움이 되기 위해서입니다. 아시죠?"

"네, 감사해요."

"선생님, 건강하게 오래 사는 비결은 보람 있는 일을 하면서 욕심 없이 사는 것이 비결인 듯합니다. 봉사하는 것도 돈이 있어야 봉사도 합니다. 반찬 만들어가는 것도 양념까지 하면 1만 원이 넘게 들어갑니다. 돈 없으면 어떻게 해요. 하고 싶어도 못하지요. 저는 그렇게 생각해요. 열심히 번 돈으로 봉사도 한다면 건강하게 오래 살 거예요. 그렇지 않나요?"

어느 날 선미한테 전화가 왔다.

"여보세요? 선미구나? 왜?"

"동생이 아파요."

우리는 정신없이 차를 가지고 선미 집으로 갔다. 선미 동생이 배가 아프다고 뒹굴고 난리다. 차에 태워 고속으로 비상 깜빡이 키고 가면서 119에 전화해서 우리 앞 차 길을 좀 터달라고 신고했다. 119차 도움으로 좀 빨리 병원에 도착했다. 의료진들은 먼저, 열부터 재고 수액 주사 맞히고, 배를 보더니만 맹장염인 듯하다고 빨리 수술을 해야 한다. 언제부터 아팠냐고 하니 학교 갔다 와서부터 아팠다고 했다.

"그럼 바로 왜 전화하지 않았니?"

"괜찮을 줄 알고 그랬지요."

"바로 했으면 덜 고생했을 거야."

밖에서 기도하면서 얼마를 기다리니 의사가 나와 수술 잘 됐다고 한다. 한시름 놨다. 순간 정신이 없었다. 정신이 없어도 힘들어도 오늘 하루는 보람 있고 뿌듯한 하루였고 감사했다. 한 사람 살렸으니 말이다.

"송 선생님, 수술해서 오늘은 퇴원 못 할 것 같은데요. 며칠 있어야 하는데 어찌하죠?"

선생님과 나는 서로 눈치만 살폈다.

"선생님은 여기 못 계세요. 제가 여기서 있을게요."

"선미야, 내일 학교 가면 동생 맹장수술했다고 동생 반에 가서 말해. 원무과에서 입원확인서 떼줄게. 확인서를 동생 반 담임 선생님께 전해드려야 결석으로 인정 안 돼. 알겠지?"

"네."

"아침에 송 선생님에게 교대하자고 해서 교대하고 집에 와."

어제 시장 봐 온 알타리 먼저 김치 담궈 놓고 반찬 좀 해서 집에도 준비해놓고 병원에도 갔다 놓고 했다.

"선생님, 제가 반찬과 밥도 해놨으니 드시고 오늘까지만 제가 여기서 자고 내일부터는 선미보고 자라고 해야겠어요."

"괜찮겠어요?"

"네."

"선미야, 내일부터는 동생하고 여기서 자야 한다."

"네."

"다음주부터 퇴원해도 될 거야."

아침에 반찬 만드는데 송선생님이 어깨 너머로 본다.

"가끔 이렇게 만들어주시고 김치 같은 것은 큰 통 하나 택배로 주문해서 통에 담아 나누어 가져다주세요. 안 해도 되지만 가져다주면서 뿌듯하고 즐겁고 행복하지 않나요? 그런 감정 느끼려고 하는 겁니다. 송 선생님께서는 연금만으로 생활하는 데는 큰 문제 없으시죠?"

"네, 그냥 살 만해요."

"공기 좋은데 오셔서 이장님으로 봉사도 하시고 어려운 가정을 챙겨 볼 수 있음에 엄청 감사하지요?"

"네. 그래요."

6

당신이 걸어온 인생, 결코 나쁘지 않았다

70 되신 오영철 아버님께서 부인이 초기암이라고 도와달라고 연락이 와서 아침 일찍 달려갔다. 동갑부부인데 참으로 잉꼬부부인 듯하다. 아내가 암이라고 해서 어찌나 노심초사인지 보기가 불편할 정도였다. 그래도 감사한 것은 초기에 발견해서 수술하고 항암치료 몇 번 하고 퇴원해서 집에 계신다고 한다. 아버님은 경찰이셨는데 정년퇴직하고 공부방에서 한자 수업으로 봉사하신다. 현직에 계실 때도 가장이 죄 짓고 교도소 가면 그 가정에 달마다 한 번씩 찾아가 이야기도 들어주고 걱정하지 않도록 찾아봤다고 한다. 교도소 간 아들의 어머니 집에 몇 달 동안 찾아봅지 못하다가 늦게나마 갔는데 어머님이 쓰러져 계셨다고 한다. 119를 불

러 응급실에 갔지만, 이미 늦어 돌아가셨다. 같은 경찰 직원들하고 사회복지사와 함께 친지들 연락해서 장례를 치뤘다고 한다. 아들 교도소에 면회 가서 어머니 돌아가셨다고 알려주니 그 아들은 나가면 꼭 은혜 갚는다고 고맙다고 했단다.

그 일이 있고 두 달 후에 아들 둘 둔 아빠가 교통사고로 사망사고를 내 교도소에 들어갔다. 영철 아버님이 집에 찾아갔더니. 초등학교, 중학교 아들만 있으면서 3일째 라면만 먹었다고 한다. 밥하는 것이 쉽지 않으니 햇반을 한 박스 배달시켜놓고 김치와 밑반찬 등을 사다줬다고 한다.

"참으로 대단한 일을 하셨습니다. 영철 아버님은 경찰이 천직인 듯해요."

어머님이 한 술 거든다.

"어느 때는 월급을 빈 봉투만 가져올 때도 있었다니까."

"왜요?"

"아빠가 교도소에 갔는데 아들이 등록금 때문에 학교 못 갈까봐 등록금 내줬대. 그래서 내가 직장을 다니기로 했지."

"정말로 대단한 일 하셨습니다."

"죄를 짓고 교도소에 갔던 사람도 내가 본인 집에 도와준 것을 알면 다시는 죄를 안 짓지 않을까 하는 마음에 해주는데 내 생각이 맞을 때도 있지만 그렇지 못할 때가 더 많아요."

"당분간 부모가 없는 집은 사회복지과에 연락해서 혜택을 줄 수 있는지 알아봐주기도 하고 또 한번은 한 가정에 남편이 무면허 사고를 냈는데 피해자는 전치 6주가 나와서 구속했는데, 아내가 안 오길래 궁금해서 갔더니 산통을 겪고 있는 거야. 내가 119 불러서 병원으로 가는 중에 구급차 안에서 아들을 낳은 적도 있다니까. 뉴스에도 나오고 그랬지요. 뉴스 나오는 바람에 유아용품이 한동안 구입하지 않아도 될 정도로 선물로 많이 들어왔어요."

나는 대단하다는 말만 연발이다.

어머님은 몇 날 며칠을 말해도 다 못한다고 했다. 아버님은 현직 있을 때 이야기 보따리 꺼내놓으면 열정이 솟구치며 자랑스러워하신다.

"정말로 대단하십니다. 대통령 상도 받았다고 합니다. 들어도 들어도 감동입니다. 경찰이라서인지 교도소에 들어간 가족들은 유독 챙기신다고 합니다. 아무리 생각해도 천직이신듯 합니다."

외동아들이 사고치고 교도소 갔는데 어머니가 혼자 계신다는 말에 걱정이 되서 어머니집으로 갔다고 한다. 방에다 연탄불을 지펴놓고 연탄

가스로 죽으려고 준비하고 누워 막 잠든 사이에 영철 아버님이 들이닥쳐 천만다행으로 어머님 목숨을 살린 적이 있다고 한다. 어머님은 영철 아버님한테 두 번이나 신세를 지었다고 미안하고 죄송하다고 몸둘 바를 모르겠다고 하셨단다.

"오직 아들을 위해서만 살아왔는데 어떻게 내가 희망이 없어서요."

내 말을 전해주라고 말했다. 그래도 살아있음에 감사해야 하지 않냐고. 만약에 죽었다면 아들 얼굴도 못 보고 그 아들이 출소해서 효자가 될 수 있다면 그 기회가 사라지는 것이다. 아들 녀석이 한 번 불효했다면 한 번은 효자 역할을 제대로 할 때가 분명히 있을 것이다.

발견을 일찍 해서 병원 치료하고 생명엔 지장 없이 퇴원을 하셨다고 한다. 아들 하나 보고 살았는데 아들이 똑바로 못 살고 사고 치고 교도소까지 간 것은 어머님한테는 충격인 듯했다.

"아버님이 욕심 없이 봉사를 즐거운 마음으로 하시니까 건강하신가 봐요."
"나는 원래 건강하게 태어났다고 하더라구요."

어머님이 자랑을 내놓는다.

"우리 자녀들이 아버지를 제일 존경한다고 하더라구요. 나도 젊어서는 월급도 제대로 안 가져오고 허구헌날 외박하고 해서 속상했는데 지금은 아주 남편을 존경해요."

"경찰들 바람 피고 해서 이혼하는 사람 여럿 봤는데요. 그래도 대통령 상을 받고 가정 잘지켜 오신 것을 보면 존경 받을 만합니다."

7

부부 사이에 오는 갈등 신호를 놓치지 마라

남편은 언제나 내 편이었다. 언제나 아이들보다 내가 먼저였다. 시부모와 무슨 일이 생기면 항상 내 편에서 말해주었다. 용돈을 많이 주는 것도 아니었는데 꼭 그걸 모아서 내 생일이면 명품 옷을 사주곤 하였다. 30년 전이라 구찌, 샤넬 같은 명품이 아니었지만 남편이 용돈을 몽땅 털어 사주기에 그것이 명품이라고 생각하고 입었다.

가족과 친척에 애경사가 있으면 언제나 나를 주인공으로 만들어준다. 친지 어른인 시고모님들이 다섯 분이시고 외삼촌이 세 분이시다. 남편의 형제가 9남매인데 항상 나를 주인공으로 만들어주기에 내가 제일 이쁘고 내가 뭐든 제일 잘하는 줄 알았다.

매번 친정에 갈 때도 한 번도 혼자 간 적이 없다. 반드시 같이 가고 친정 고모나 친정 이모들한테 우리 친정 식구들은 내가 어떤 사람이라는 것을 잘 아는데도 나를 어필한다. 친정 고모와 친정 이모가 나를 대견해하면서 뿌듯해하신다. 나는 3남매를 두었다. 3남매 임신했을 때 입덧을 남편이 했다. 첫째 딸 임신했을 때, 남편이 기운이 없고 밥맛이 없었다. 직장에서는 멀쩡하다가도 집에만 오면 기운이 없고 밥맛도 없어 했다. 시부모님 걱정하실까 봐 말도 못하다가 셋째 임신했을 때 같은 모양으로 또 그래서 결국 남편이 시어머니에게 말을 했다.

그랬더니 어머님께서 "아~, 너 입덧하는구나." 해서 안 사실이다. 아빠가 입덧하는 것은 처음 들었기 때문이다. 우리 남편은 식성도 매우 좋은 편인데 말이다.

둘째딸 임신 했을때는 남편 입덧이 너무 심했는데 우리는 입덧이라고 생각도 못하고 병원에 가서 검진을 받아보기도 했다. 아무 증상도 없었다. 우리 부부는 걱정이 되서 철학관에 가서 왜 그런가 물어봤다. 병원 가도 아무 증세도 없는데 밥맛이 없고 아무리 기운을 차려 볼려고 해도 할 수가 없다고 한다. 집에서 굿을 하기도 했다. 그러나 입덧은 여전했다. 임신 6개월 지나니까 끝난 듯했다. 정상적으로 식사도 하고 나 역시 건강히 출산하여 둘째딸을 낳았다.

둘째아이 17개월 정도 됐을 때 남편이 중동 사우디로 돈 벌러 갔다. 20개월 만에 돈 벌어왔다. 그 돈으로 집을 샀더라면 좋았을 것인데 사업을 하여 쫄딱 망했다. 1년 후 셋째를 임신했다. 9남매 장남으로 아들이 있어야 할 것 같아서 딸이든 아들이든 셋만 낳자고 합의하여 셋째를 임신했는데, 또 남편은 기운이 없고 음식 냄새도 싫다고 거부했다.

이 때 시어머니가 아들 보고 "너 입덧하니?"했다. 우리는 무슨 남자가 입덧을 하냐 했지만 시아버님도 그랬단다. 그때서야 제대로 입덧인 줄 알았다. 여전히 남편은 기운이 없었다. 3개월 정도 힘들었던 것 같다. 3개월 지나니까 괜찮았다.

시어머님은 아홉을 낳았으니 너무도 잘 아신다. 참 별일이다. 우리는 첫째도 둘째도 남편이 입덧 할 때는 몰랐다. 셋째를 임신하고 남편이 직장 때문에 먼저 서울로 가고 며칠 후에 내가 서울로 갈 계획이었다. 남편이 서울로 간 이후에 내 입덧이 끝나지 않아 혼자 감당해야 했다. 서울로 가야 하기에 시골 직행 버스를 타고 서울로 출발하여 가는 중이었다. 반포장도로여서 버스가 파도치듯 달렸다. 너무 어지러워 결국 목적지까지 못 가고 중간에 하차했다. 뒤돌아 시골집으로 가는 중에도 타고 온 만큼 타고 가야 하기에 죽을 힘을 다하여 딸 둘 데리고 시골집으로 돌아왔다. 모든 것을 나 혼자 감당했다.

그동안 입덧을 남편이 해주니 입덧이 이렇게나 힘든 줄 몰랐다. 시아 버님은 자손이 9남매나 되는데 입덧을 어떻게 하셨을까. 참으로 대단하시다. 셋째는 성별을 병원에서 알려주지 않았다. 시어머님께서 점집에 가서 우리 며느리가 아들이요? 딸이요?하고 물으러 다섯 군데나 갔다. 세 군데에서 딸이라 하고 두 군데에서 아들이라고 한다고 며느리가 아들이라 해도 점쟁이 말만 믿고 핑크색 우주복을 사오셨다. 오자마자 손도 안 씻고 손자 고추부터 확인하신다. 점쟁이가 제대로 못 맞췄네. 근데 그 아들이 얼마나 예쁘게 커주는지 참 고맙고 감사했다.

비 오는 날에는 특별히 할 일도 없고 한숨 잔다. 남편은 돈을 벌거나 월급을 타면 단 백 원이라도 더 빨리 가져다주기 위해 동료들과의 모임도 하지 않고 일찍 온다고 했다. 아내한테 월급 탄 것 빨리 갖다주고 싶어서이다. 그때는 몰랐다. 남들도 다 그렇게 사는 줄 알았다. 내가 퇴근하고 오면 아이들 도시락부터 집 안 청소며 빨래 돌리는 것까지 다 해놓고 김칫거리 배달시켜놓으면 손질해서 김치 담그도록 준비해놓곤 했다.

이런 사람이 언젠가부터 변해버렸다. 매사에 짜증내고 불만이었다.

"당신 왜 그래?"

"내가 뭐."

"전에는 내가 부탁하는 것은 거절한 적이 없었잖아."

"이 사람아, 이젠 세 아이의 엄마야."

"그렇지, 나 세 아이의 엄마지. 세 아이 엄마인지 누구는 모르나. 다 알지."

그때가 믿음 생활한 지 1년은 된 듯하다. 그래 이제부터 예수님께 하듯이 남편을 주님 섬기듯 해보겠다고 결단하고 4~5개월 정도 남편에게 헌신해보니 감사하고 행복했다. 좀 더 일찍 몰랐던 것이 안타까웠다. 내가 월급을 타서 명품 브랜드 옷 하나 사주었다. 얼마나 좋아하든지 초등학교 소풍 가는 날처럼 좋아했다. 나는 잘못했어도 절대 미안하다 잘못했다 사과를 먼저 하는 법이 없었다. 권씨가 한 고집하거든. 그런데 이제부터는 "자기야, 미안해. 내가 좀 경솔했지."라고 먼저 사과도 하고 내가 변했다.

하루 시간을 내어 우리 부부는 처음으로 단둘이 여행도 갔다. 새로운 삶이 시작된 듯했다. 콘도에서 남편이 커피를 타주는데 그런 기분 처음 느껴보았다. 커피맛이 향기는 물론이고, 기분이 달았다. 묘한 기분이었다. 우리는 신혼여행도 못 가서 부부여행의 느낌을 몰랐다. 아~ 이 맛에 부부가 여행 오는구나 생각했다.

내가 잘해줘보려고 했건만 남편이 자꾸 아프다. 동네 병원에서 검사 결과 큰 병원으로 가보라고 한다. 큰 병원에서 검사 결과 위암 3기라고 한다. 나는 왜 진작에 남편의 불편함을 깨닫지 못했을까 하는 충격에 며칠 동안 방황하며 있다가 아니다 정신차려야지 했다. 27년 전에는 위암 3기라 하면 치료가 쉽지 않았다. 남편은 살고 죽는 것은 하나님께 맡긴다고 집에서 편안한 마음으로 말씀 보고 믿음 생활 열심히 하며 집에서 지냈다. 암 진단 받고 7개월을 살면서 진통제 한 번을 안 맞고 하늘나라로 갔다.

슬퍼할 새도 없었다. 세 아이하고 살아야 했기에. 큰딸 고1, 둘째딸 중3, 셋째아들 초등학교 5학년이었다. 남편 보고 싶다고 슬퍼할 여유가 없었다. 정신 차리고 살아야 했기에 바빴다. 출판 영업하면서 투잡, 쓰리잡 했지만 형편은 별로 나아지지 않았다. 남편 하늘나라 간 지 약 1년 정도 되면서 아이들은 사춘기인지 어찌나 방황을 심하게 하는지 감당하기 어려웠다. 천국에 있는 남편한테 편지를 써보았다.

"무정한 당신아, 웬만하면 애들한테 한 번 다녀가지. 천년만년 살 것처럼 하더니만 고작 16년 살고 가냐? 그곳이 그렇게 바뻐요? 그리고 애들 큰고모, 당신 큰 여동생 결혼했고, 둘째 여동생은 큰 집 사가지고 이사했고, 막내 여동생도 결혼한다고 선 봤어. 당신이 옆에 있으면 큰오빠가 혼수 제대로 해주련만. 우리 삼남매와 내가 예쁘게 하고 '부조금 5백만 원 짜리 왔습니다.' 하면서 예식장에 들어갔지 뭐. 잘했지? 큰시고모, 시이모, 시삼촌, 숙모 모두 오셨는데 나에게 잘하고 산다고 칭찬해주시더라.

다들 당신 보고 싶어했는데, 당신 바쁘니 뭐. 그리고 당신 셋째 남동생 장가 간다고 연상 여자 인사시키러 데려왔더라고. 당신 제수씨 생겼어.

우리는 임대아파트로 이사 왔는데 너무 좁아서 큰딸 지영이가 많이 불편해하네. 안방에서 아들하고 나하고 자고 작은방에서 딸 둘이 자는데 너무 좁아. 당신 닮아서 롱다리잖아. 날 닮았으면 문제 없는데 옷장 놓고 나니까 원 세상에 애들 키가 커서 다리를 쭉 못 편다고.

당신 이사 온 아파트 와도 우리 다섯 식구 앉아 있지도 못하겠다. 그래서 한 번을 못 오는거야? 당신 오면 내가 베란다 문 열어 놓고 베란다에 앉아 있을게. 애들이 날 너무 힘들게 해서 그러는데 당신이 와서 좀 혼내 줘 봐 응? 엄마 말, 잘 들어. 하고 말야."

이렇게 편지 써서 유선전화기 옆에다 보라고 놔두었다. 그 편지 보면, 엄마 마음 좀 알까 하고. 그날 왠지 남편이 너무 보고 싶어서 유품 중 내가 사준 명품 콤비는 장롱 속에 넣어 두었다. 그날은 그 콤비 옷 속에 얼굴을 파묻고 엉엉 울었다. 울면서 남편에게 말했다.

"천년만년 살 것처럼 하더니만 16년 살고 애들은 셋이나 남겨놓고 갔으면 걱정도 안 돼? 당신이 이렇게 무심한 사람이었어? 당신이 지금은 내 옆에 있다면 예수님 섬기듯 할 수 있어. 나 준비되어 있어."

며칠이라도 하늘나라 간 남편한테 이렇게 퍼부었더니만 속이 좀 후련했다. 지금 생각해보면 왜 좀 더 사랑해주지 못했나 너무도 후회스럽고, 안타깝다. 우리 아이들한테 너무 미안해서 마지막으로 우리 아이들한테 하고 싶은 이야기 좀 해볼까 한다.

"큰딸 지영이, 미안하고 제대로 챙겨주지 못해 항상 미안하게 생각해. 결혼해서 이쁜 자녀 남매 낳고 사는 것 보면 대견하고 대단하다고 생각한다. 늘 기도하고 있단다. 고마워. 큰딸 사랑한다.

둘째딸 지애에게 항상 엄마는 고맙게 생각해. 가만히 보면 동생도 언니도 잘챙기는 것 같아서 삼남매 낳아 얼마나 이쁘게 정성을 다해 키우는지 엄마는 감동하고 있단다. 시부모님 극진히 모시고 사는 것 보면 어떻게 감동 안 하겠니? 내가 둘째딸을 잘 아는데 말이야. 사랑한다.

막내아들, 까칠하면서도 무뚝뚝한 아들. 삼남매 낳아 이쁘게 키우면서 열심히 사는 것 보면 감사하고 대견해. 우리 며느리 넉넉하지 못한 집에 와서 예쁜 손자 낳아 잘 키워주는데 매우 자랑스럽지. 고맙고 사랑한다."

나는 "우리 며느리 이런 며느리야!" 하고 친구들한테 누가 물어보지도 않는데도 자랑한다. 그 어려운 고생하더니만 잘했다고 부러워들 한다.
내가 믿는 하나님의 축복인 듯하다.